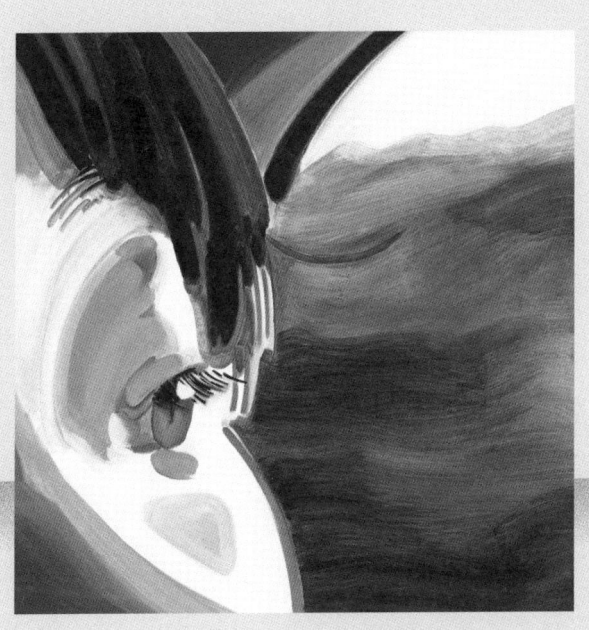

2.5층 너머로

은이결 장편소설

2025년 11월 20일 초판 1쇄 발행

펴낸이 한철희 | 펴낸곳 돌베개 | 등록 1979년 8월 25일 제406-2003-000018호
주소 (10881) 경기도 파주시 회동길 77-20 (문발동)
전화 (031) 955-5020 | 팩스 (031) 955-5050
홈페이지 www.dolbegae.co.kr | 전자우편 book@dolbegae.co.kr
블로그 blog.naver.com/imdol79 | 트위터 @Dolbegae79 | 페이스북 /dolbegae

편집 김수진
표지 디자인 김민해 | 본문 디자인 김민해·이연경
마케팅 고운성·김영수·정지연 | 제작·관리 윤국중·이수민·한누리
인쇄·제본 상지사 P&B

ISBN 979-11-94442-54-7 (44810)
ISBN 978-89-7199-432-0 (세트)

ⓒ 은이결, 2025

- 이 책 내용의 전부 또는 일부를 재사용하려면 반드시 저작권자와 돌베개 양측의 동의를 받아야 합니다.
- 책값은 뒤표지에 있습니다.
- 이 책은 서울특별시, 서울문화재단 '2025년 창작집 발간지원 사업'의 지원을 받아 발간되었습니다.

2.5층 너머로

은이결 장편소설

차례

프롤로그 7

에필로그 219　　작가의 말 220　　추천의 글 222

1.	기다렸지만 원하던 것이 아닐 때	9
2.	빈 책상마저 없던 날	17
3.	여름 불면과 자전거	30
4.	침범하지 마시오	37
5.	창밖의 목소리	45
6.	비밀번호 738	50
7.	적응하면 그만	61
8.	날짜뿐인 일기장	74
9.	늦게 온 마음	83
10.	거북 등에 붙은 따개비	94
11.	아무튼 있었던 존재감	106
12.	나눠 갖지 않은 비밀	118
13.	한밤의 소란	123
14.	가짜 화해, 진짜 안부	129
15.	다녀간 여름을 맞으러	137
16.	믿기 힘든 우연	150
17.	배웅할 걸 그랬어	157
18.	모른 척해 주는 시간	166
19.	틀리게 말하는 진심	173
20.	방학의 끝은 스릴러	184
21.	나를 감싸는 빛무리	198
22.	그건 아마 너일 거야	206

프롤로그

　병원에 가게 생겼다. 할 말이 없다. 아니, 하고 싶지 않다. 병원이든 상담 센터든 소용없다는 뜻이다. 무슨 일이 있었는지, 내 마음이 어떤지 모르겠다. '모른다.'를 '말하고 싶지 않다.'로 받아들여야 마땅한데, 이 집의 누구도 그러지 않는다. 사실 나는 이미 많은 것을 털어놓았다. 누구에게도 하지 않은 이야기를, '너'하고만 나누었다. 우습게도 그게 내가 병원에 가야 하는 이유가 되었다.

　1년 전, 그 여름날은 길가에 세워져 있던 자전거로 기억된다. 진규가 타고 온 자전거가 나무에 기대어 따가운 볕을 받고 있었다. 인도에서 삐져나와 도로를 향해 있는 앞바퀴가 신경 쓰였다. 진규와 마주 서 있는데도 자꾸만 그리로 눈길이 갔다.

　진규는 멀리서부터 그해 여름이 통째로 담긴 소식을 싣고 왔다. 기다렸지만 원하던 것이 아니었다. 배달된 택배 상자 안에 주문한 것과 다른 물건이 담겼다면, 그게 내 것일 리 없었다. 돌이켜 보니 고개를 돌리고 있던 자전거는 제가 싣고 온 세나의 소식을 외면하는 것이었다. 이제 그 무게는 나의 몫이었다. 아마도 나는 그날부터 '너'를 원했던 것 같다.

1.

기다렸지만 원하던 것이 아닐 때

 방학 동안 한 일이라곤 끈질기게 기다리는 것뿐이었다. 여름 방학은 중학교 3학년에게 중요한 시기라고 하지만, 그건 공부로 미래를 어찌해 보려는 아이들에게나 해당되는 말이었다. 나는 1학기 기말고사를 끝으로 학원을 그만두었다. 공부 따위는 어떻게 되어도 상관없었다.
 방학이 열흘쯤 남은 맑고 더운 날, 마침내 기다리던 소식이 도착했다. 아침부터 얼음을 두 컵이나 먹어서인지 배가 살살 아파 왔다. 화장실에 가면서도 휴대폰을 챙겼다. 언제 전화가 올지 몰라 한시도 몸에서 떼어 놓을 수 없었다. 세나가 아니더라도 누군가 세나 일로 나를 찾을 수도 있었다. 어쩌다가 모르는 번호가 찍히면 무조건 통화를 했다. 그 연락이 나와 관계없다는 걸 확인해야만 안심이 되었다. 광고나 보이스 피싱 같은 쓸데없는 것들은 바로 차단했다. 그래야만 같은 번호에 또 다시 희망을 걸었다가 더 큰 실망을 하는 멍청한 짓을 피할 수 있었다.

기다림이 간절해질수록 세나에게 연락이 올 거라는 기대는 생명력을 잃어 갔다. 그럼에도 깊은 밤까지 잠들지 못할 때면 근거 없는 희망을 품어 보았다. 세나도 이 밤에 마음이 흐물흐물해져서 누군가의 휴대폰을 빌리는 용기를 낼지 모르겠다고, 잘 있다는 짧지만 확실한 안부를 줄지도 모르겠다고.

바닥에 달라붙은 등을 떼어 돌아누웠다. 선풍기 바람으로 땀을 식혔다. 상가 주택 가장 안쪽, 바깥 창을 낼 수 없는 곳이 내 방이다. 방문을 꼭 닫아 두고 있지만 열어도 별 차이는 없었다. 거실 옆 복도에 학교처럼 크고 기다랗게 난 창은 옆집 음식 냄새가 넘어올까 봐 365일 꼭꼭 닫아 둔다. 아무리 자장면을 좋아하는 사람이라도 매일 자장 볶는 냄새를 맡으며 살기는 쉽지 않을 것이다. 그렇다. 옆집은 중국집이다.

휴대폰 음악 앱을 켜 첼로 연주를 검색했다. 요즘 귀가 까칠해져서 음악에 너그럽지 못하다. 슬로우 금지, 유쾌 발랄 금지, 아는 곡 금지. 특히 가사가 있는 노래는 절대 안 된다. 여름을 지내는 동안 내 마음은 노래 한 소절에도 금이 갈 만큼 얇아져 버렸다.

플레이리스트 제목이 '한적한 푸른 물가에서' 어쩌고였다. 눈을 감고 머릿속에 내키는 대로 푸른 물을 펼쳐 놓았다. 선율에 맞춰서 일렁이는 강물에 빛을 뿌려 두고 너머에 있는 숲과 그곳에 머무는 바람을 상상했다. 음악이 불길한 상상을 막아 주기를, 그래서 먼지처럼 떠다니는 불안이 내려앉기를 바랐다.

별안간 울리는 휴대폰 벨 소리에 발작하듯 일어나서 통화 버튼을 눌렀다. 발신자 이름이 뒤늦게 눈에 들어왔다. 현주 씨였다. 거실 너머에 있는 '제뉴'에서는 목청껏 말하지 않는 한 내 방까지 소리가 들리지 않는다. 그래서 우리는 한집에 있어도 전화로 용건을 해결한다.

"깜짝이야! 내 전화 기다렸어?"

그럴 리가 없었다.

"점심? 알아서 할게."

현주 씨는 친구가 찾아왔다고 했다.

"전에 봤던 그 남자애, 그새 키 컸더라."

집으로 올 만한 친구가 없었다. 친한 은제와도 서로 집을 오가며 놀지 않는다. 더욱이 현주 씨가 알 만한 남자 사람 친구? 그런 애는 없는데…….

서둘러 거울을 들여다봤다. 세수는커녕 자고 일어난 그대로라 엉망이었다. 모자로 얼굴만 수습하기로 했다. 스니커스에 발을 넣었다가 움찔 놀랐다. 신발이 축축했다. 어제저녁 비를 맞고 와서 그대로 둔 것이다. 비가 오면 집에 얌전히 있을 수가 없었다. 이 비에 세나는 어쩌고 있을까, 조바심이 나서 뭐라도 해야 했다. 그래 봤자 우산 하나를 더 챙겨서 거리를 쏘다니는 게 전부였다. 내 슬리퍼가 보이지 않아서 하는 수 없이 동우 것을 신었다.

가게 앞에는 아무도 없었지만 키가 자란 '그 남자애'가 누구인지는 알 수 있었다. 진규는 보이지 않고 그 애 자전거만 기우뚱하게 나무에 기대어 있었다. 진규는 멋지고 비싼 자전거에다 일부러 뒷좌석을 달았다. 전문가에게 특별히 부탁한 거라고 했다. 녀석의 말처럼 저것은 세상에 하나뿐인 자전거였다.

진규와는 학교에서 한 반이 된 적은 없지만 방학 전까지 같은 학원을 다녔다. 수학 성적이 비슷해서 함께 수업을 들었다. 학원을 마치고 진규 자전거 뒷자리에 탄 적도 있다. 친한 사이여서 태워 준 건 아니었다. 진규는 성격이 좋아 다른 아이들과 두루두루 잘 지내는 편이다. 기분 별로다, 성적 떨어졌다, 아빠가 안 데리러 온다 등등 누군가 구시렁대면 친하지 않아도 드라이브를 시켜 준다며 자전거 뒷자리를 내어 주었다. 그러다가 수업에 늦을 때도 있었는데, 그때마다 큰 소리로 죄송하다 말하고 고개를 잘도 숙여서 학원 선생님들의 눈총을 덜곤 했다.

괜찮다고 했는데도 진규는 세 번쯤 나를 집 근처까지 태워 주었다. 현주 씨가 그걸 우연히 본 모양이다. 아무리 그래도 진규가 우리 집을 알고 있는 줄 몰랐다. 집으로 찾아올 만한 사이도 아니었다.

잠시 후 진규가 동물병원 옆 골목 안에 줄줄이 서 있는 재활용 분리수거함 뒤에서 나왔다. 엉거주춤한 걸음이 수상했다.

"미안한데 휴지 좀."

"……뭐냐? 뭐 했냐?"

냄새나고 날벌레가 들끓을 것 같은 구석에서 나오는 게 의심스러웠다. 진규 표정도 뭔가 찝찝하고 불편해 보였다.

"물티슈면 더 좋고."

"아, 진짜!"

제뉴에서 통째로 들고 온 캡형 물티슈를 던지듯 건넸다.

진규는 물티슈로 손을 닦다 말고 다시 분리수거함 뒤로 뛰어갔다. 한참 만에 돌아와서는 물티슈를 내밀기에 후다닥 물러났다.

"싫어, 가져."

"급하게 오느라, 속이 안 좋아."

아침 먹은 걸 토했다며 자전거에 있던 물로 입을 헹구었다. 그러고 보니 진규는 엉망이었다. 종아리와 반바지에 흙이 잔뜩 묻었고 티셔츠가 땀으로 얼룩졌다. 머리는 물을 뒤집어쓴 것마냥 흠뻑 젖었고, 얼굴을 닦는데 손까지 떨었다. 음치이지만 전교생 앞에서 노래를 할 만큼 배짱이 두둑한 녀석이었다. 최하점을 받고도 탈락 소감을 말하고 싶다고 너스레를 떨 정도였다. 그런 아이가 이 더위에 토하면서까지 급하게 자전거를 몰아야 할 만큼 큰일이 생긴 것이다.

"뭐가 그렇게 급했는데?"

진규는 손을 저었다. 이젠 급하지 않다는 것인지, 말 시키지 말라는 것인지 알 수 없었다.

거친 숨을 뱉던 진규가 말했다.

"안 더워? 좀 앉으면 안 되냐?"

안 그래도 목덜미에 불덩이를 얹고 있는 듯했다. 이대로 뙤약볕 아래 계속 있다가는 화상을 입을 것만 같았다. 진규 시선이 메뉴 유리문을 향했지만 나는 그 옆 계단으로 가자고 턱짓했다. 메뉴 위층은 전기밥솥 서비스 센터다. 인터넷 접수와 방문 서비스를 주로 하는 사무실로, 찾아오는 손님보다 드나드는 직원이 많았다. 그래도 월세가 밀린다는 현주 씨의 불평은 듣지 못했다. 월세는 몽땅 현주 씨 차지였다. 그게 현주 씨가 나와 동우를 돌보고 아빠에게 받는 양육비였다.

계단은 바깥보다 한결 나았다. 진규는 세 번째에, 나는 다섯 번째 계단에 앉았다. 벽에 닿은 등이 시원했다.

"더위 먹는 게 이런 거냐?"

더위를 안 먹어 봐서 딱히 할 말이 없었다.

"오다가 두 번 넘어졌어. 하마터면 트럭에 치일 뻔."

"그래서 나는 왜 불렀냐고!"

진규가 대답은 않고 푹푹, 숨을 뱉었다.

"물 줘?"

일어서려는데 내 슬리퍼 위로 진규 손이 툭 떨어졌다. 또 속이 안 좋은가, 이대로 꼬꾸라지면 어쩌지, 지금이라도 안으로 데려가야 하나, 걱정이 시작되던 참이었다.

"나, 구안동에서 왔어."
"엉? 아, 거기!"
진규 할아버지 댁이 구안동이었다.
진규도 나처럼 여름 방학에 학원을 그만두었다. 저보다 할아버지가 방학을 더 기다린다며, 언제 돌아가실지 모르는 할아버지 때문에 특강은 들을 수 없다고 했다. 학원 선생님이 깨부술 수 없는 강력한 이유였다. 하지만 나는 알고 있다. 할아버지는 진규와 함께 뒷산 봉수대에 오를 만큼 건강하시다는 것을.
구안동은 봉수대가 있는, 산 아래로 밭이 대부분인 한적한 동네였다. 전원주택 단지만 없으면 농촌과 다름없었다. 중학교 1학년 봄에 교과 탐방 프로그램으로 봉수대에 간 적이 있는데, 206번 버스 종점이 학생들이 모이는 장소였다.
종점까지 버스로 한 시간 정도 걸렸던 게 뒤늦게 기억났다.
"거기서 자전거를 타고 왔다고? 야! 더위 먹는 게 당연하……."
진규가 절박한 표정으로 나를 올려다봤다.
"왜? 또 속이 안 좋아? 토할 것 같아?"
"아진아! 저기, 그게…… 아진아."
손아진도 아니고 아진아,였다. 진규는 말을 잇지 못하고 계속 내 이름만 불러 댔다.
그때 알아차렸다. 진규는 나에게 온 것이다. 구안동에서부터 8월의 태양이 쏘는 열기 속을 달려와 급히 나를 불러내야 할 이유가 생긴 것이다. 놀라면 안 된다는 진규의 당부에 왈칵 겁이 났다.

"아진아, 세나를 찾은 것 같아."

처음엔 제대로 알아듣지 못했다.

"정세나 말이야, 찾았다고. 할아버지 동네랑은 좀 먼데, 경찰들이……."

"아! 경찰이? 찾았어? 세나를?"

나도 모르게 벌떡 일어났다. 심장이 튀어나올 것 같았다. 경찰과 있다면 확실했다.

"세나가 구안동엘 왜 갔대? 정세나, 거기서…… 뭘 한 거래?"

진규가 젖은 머리를 벅벅 쓸어 댔다.

"그게 아니고, 구안동 아니고 사람이 안 다니는…… 산 밑에, 풀이 많은 그런…… 경찰이 하는 말 들었어. 하송중 여학생 여름 교복이라고. 실종 학생 이름과 일치한다고. 거긴 아무도 안 가는…… 알아볼 수 없을 만큼……."

진규 목소리가 꾸깃꾸깃 구겨졌다.

등허리가 서늘해지며 속이 매슥거렸다. 진규가 야, 야, 하며 나를 잡았다. 내 안에서 무언가가 훅 내려앉았다. 떨림이 내 것인지 진규의 것인지 알 수 없었다.

2.

빈 책상마저 없던 날

개학 날 아침, 현주 씨가 물었다.

"그 애, 많이 좋아했어?"

현주 씨는 이별의 후유증이 과하다고 했다. 병까지 난 것은 지나치다며 나를 놀렸다.

지난밤에 수없이 다짐했다. 감각은 닫고 생각은 집어치우자고, 정신을 부여잡고 일단 오늘만 넘기자고. 나 자신을 단단히 틀어막기로 했는데 '이별의 후유증'이라는 생뚱맞은 말을 듣는 순간, 방어막 이음새가 삐거덕거렸다.

양손에 각각 프라이팬과 뒤집개를 쥐고 있는 현주 씨 등을 노려보았다. 움찔대는 등이 나에게 답을 재촉하는 듯했다.

"아무리 그래도 걔 앞에서는 자존심을 붙잡고 있어야 하는 거 아닌가?"

현주 씨는 계란프라이를 뒤집으며 내 속도 뒤집었다. 나를 비웃는 게 분명하다.

친구들이 말하길 엄마들은 등에도 눈이 있다고 했다. 내 표정에 반응하지 않는 걸 보면 현주 씨 등에는 눈이 없는 게 확실했다. 엄마가 아니라서 그런 것이다. 그럼 직접 말해 줄 수밖에.

"그러는 현주 씨는 이혼하면서 엄청 울었다며? 잡고 있을 자존심도 없었나 보네."

"그러게, 왜 그랬을까? 후회된다. 후회를 해 봤으니까 너한테 이런 조언을 하는 거야."

반응이 예상과 달랐다. 야심차게 날린 주먹을 상대가 사뿐히 감싸안았다. 현주 씨는 내가 진규에게 차였는데도 울며 매달렸다고 넘겨짚었다.

"누나는 남자한테 차일 사람 아니야."

웬일인지 동우가 내 편을 들어 주었다.

"정말? 그럼 아진이 네가 찬 거야? 어쩐지 걔가 미련이 있는 것 같긴 했어."

현주 씨 말은 앞뒤가 맞지 않았다.

"엄마, 누나는 남자 사귄 적 없을걸? 없어, 없어. 그러니까 차고 싶어도 못 차."

시리얼 그릇에 우유를 붓는 동우 어깨를 밀쳤다. 동우 대신 우유 통이 쓰러졌다. 우유가 식탁에서 의자로, 다시 바닥으로 흘러내렸다. 그러거나 말거나 현관으로 가 신발을 신었다.

"계란프라이에 식용유 좀 넣지 마!"

옆집에서 넘어오는 기름 냄새만으로도 질려 버렸으니까.

그날, 나와 진규를 발견한 건 서비스 센터로 자장면 배달을 가던 금성각 둘째 아들이었다. 진규가 바닥으로 기울어지는 나를 끌어안다시피 하고 있다는 걸 알면서도 가라앉는 내 몸을 어쩌지 못했다.

언제부터 거기 있었을까? 문득 눈앞에 시커먼 신발이 보였다. 고개를 들자 누군가 기다렸다는 듯이 우리를 넘어 2층으로 올라갔다. 내려가는 것을 보고서야 금성각 둘째 아들이라는 걸 알았다. 그가 사라지자마자 옆집 할머니가 왔다.

"아진아, 울어? 맞네. 아이고, 우네."

할머니는 진규에게 꼼짝 말라고 하고 현주 씨를 데리고 왔다. 내버려두라고 해도 할머니와 현주 씨가 돌아가며 무슨 일이냐고 다그쳤다. 나는 쫓다시피 진규를 돌려보냈다.

다시 제대로 정신을 차렸을 때는 하루가 지나 있었다. 내가 꼬박 11시간을 잤다고 했다. 그 후에도 먹고 자고, 매일 그것만 했다. 이상하게 먹고 나면 더워도 잠이 왔고, 자다 깨면 출출해서 새벽이어도 냉장고를 뒤져서 먹었다. 음식에는 수면제가, 잠에는 소화제가 들어 있는 것 같았다. 방학 동안 부족했던 잠이 한꺼번에 몰아닥친 듯 정신을 차릴 수 없었다. 그래도 할 수만 있다면 더 깊이, 더 오래 자고 싶었다. 자는 동안에는 생각이라는 것을 하지 않아도 되니 좋았다.

"누나가 그랬어, 우유 쏟고 도망갔어."

동우 목소리가 현관 밖으로 새어 나왔다. 제눈로 나가다 말고 뒤를 돌아보았다. 긴 복도가 평소보다 더 좁아 보였다. 복도에 자전거가 두 대나 있었다. 한참을 보고서야 내 것 뒤에 있는 것이 진규 자전거라는 걸 알았다. 그날 진규가 자전거를 두고 간 모양이었다.

학교가 가까워질수록 숨이 차고 옆구리가 욱신거렸다. 다짐 따윈 소용없었다. 횡단보도 앞에서 신호가 바뀌길 기다리는 아이들의 말소리만으로도 온통 신경이 곤두섰다.

그날 이후 진규는 줄기차게 전화를 했다. 자고 나면 부재중 전화가 쌓여 있었고, 나는 매번 그 기록을 지웠다. 두려웠다. 더 무섭고 큰 내막을 전해 줄 것만 같아서, 언제까지나 외면하고 싶었다.

교실은 개학 날답게 번잡했다. 아이들을 넘나드는 이슈가 무엇인지 귀를 세웠다. 진짜? 정말? 같은 소리를 놓치지 않으려다 보니 머리가 아파 왔다. 오전이 다 가도록 세나 이름은커녕 어떠한 소식도 들리지 않았다. 점심시간 동안 엎드려서 생각했다. 이러지 말고 5반으로 가자고.

'진규를 불러내 확실하냐고 물어야지. 아니라는 답은 빨리 들을수록 좋으니 당장 가야지.'

그러면서도 막상 진규가 찾아올까 봐 겁이 났다. 잘못된 소식이었다면 진작 나에게 말해 줬을 테니까. 알고 싶어, 아니 알고 싶지 않아, 마음이 갈팡질팡했다.
 5교시 예비종이 울려 화장실에 가려고 복도로 나왔다. 뒷문에 진규가 서 있었다.
 "괜찮아?"
 나는 대답 없이 고개를 저었다.
 '아무 말도 하지 마.'
 따라오는 진규를 무시하고 화장실로 들어갔다. 밖으로 나왔을 때 녀석은 가고 없었다.
 수업을 마친 뒤에도 5반을 피하느라 건물 반 바퀴를 돌아서 현관으로 내려갔다. 현관에 운동화를 툭 던져 놓았을 때였다.
 누군가 팔을 쳤다.
 "손아진, 너 부르잖아."
 멍하니 있다가 아이가 가리키는 신관 통로를 봤다.
 "아진아, 3층에 들렀다 갈 시간 있니?"
 선생님 호출에 같은 반 아이들이 호기심 어린 표정으로 나를 봤다. 선생님이 손에 든 서류 뭉치를 흔들어 보였다.
 "스포츠 교실 선택 안 한 2반 학생 또 있어? 지금 와. 오늘 마감이야."
 그 말을 신호로 아이들이 우르르 밖으로 나갔다.
 나는 1학기에 했던 배드민턴을 계속하겠다고 이미 신청서를 제출했다. 스포츠 교실은 아이들 앞에서 나를 자연스럽게 데려가기 위한 선생님의 거짓 구실이었다.

선생님은 상담실로 온 나를 내버려두고 한동안 서류만 뒤적였다. 그러다가 불쑥 다가와 내 앞에 섰다.

"얼마 전에 경찰서에서 연락이 왔어. 사람을 발견했다고."

이제 진규가 틀렸을 수도 있다는 희망이 사라졌다. 선생님은 진규처럼 '찾은' 게 아니라 '발견'이라고 했다. 내 반응을 기다리는 것인지, 다음 말을 고르는 것인지 선생님은 또 어수선하게 굴었다. 길어지는 침묵이 갑갑했다. 더 기다리지 못하고 참았던 숨을 내쉬었다. 이 시간을 빨리 끝내기로 했다.

"알아요. 들었어요."

막상 뱉고 보니 후회되었다. 깊은 들숨과 날숨을 되풀이하는 선생님을 앞지르지 말걸 그랬다.

선생님은 알맹이를 쏙 빼놓고 곧장 결론으로 갔다.

"아진이 충격이 크겠다. 너는, 입이 무거우니까…… 앞으로도 그럴 거라고 믿어. 세나를 위해서 그건 지켜 주자. 하고 싶은 말 있으면 나한테 와도 되고, 원하면 상담 선생님 연결해 줄게."

내가 무얼 아는지, 어떻게 알게 되었는지, 선생님은 묻지 않았다. 이상하면서도 다행스러웠다. 그런 건 상담 선생님의 몫인지도 모른다. 담임 선생님은 이번 일이 아이들에게 퍼지지 않게 단속만 하면 되는 모양이었다.

선생님이 내일 보자고 했다. 볼일이 순식간에 끝났다. 이번엔 내가 머뭇거렸다. 구안동 일을 자세히 물어볼까, 답을 들을 수 있을까. 망설이는 사이에 선생님 슬리퍼가 내 발 앞으로 성큼 다가왔다. 고개를 채 들기도 전에 선생님이 나를 안았다. 처음엔 당황스러웠고, 차츰 길어지는 포옹이 어색했고, 급기야 토닥이는 손길에 속에서 뭔가 울컥 치밀어 올라서 선생님을 밀어냈다.

대체 언제부터 울고 있었던 걸까? 선생님은 화장이 다 번져 있었다. 상담실을 나서며 힘껏 문을 밀었다. 팽개치듯 닫은 문이 텅, 세찬 소리를 내어 가슴이 덜컥했다. 계단을 내려가는 동안 텅, 텅, 환청이 따라왔다.

"왜 울고 난리야! 누가 안아 달래? 왜 먼저 울고 난리냐고!"

악! 악! 교문을 향해 달리며 소리를 질렀다.

결국 사거리 약국 앞에서 진규와 마주쳤다.

"빨리 좀 다녀. 계속 기다렸잖아."

"야, 거짓말인 거 티 나. 그냥 피시방 갔다 온 거잖아."

눈물 흔적을 감추려고 목소리를 높였다. 약국 2층을 가리키다가 슬그머니 손을 내렸다. 세나의 소식을 알고도 툭툭 튀어나오는 한없이 가벼운 내 말투가 한심스러웠다. 억지스레 밝은 척하기도 싫었다.

"머리 복잡할 땐 게임만 한 게 없어."

진규도 여전했다. 현실이야 어떻든 게임은 해야 했다. 현실이 맘대로 되지 않을수록 손가락만으로도 부릴 수 있는 세계가 절실한 법이다. 어둠을 등지고 마주 보는 밝은 창 같은 것 말이다.

"배 안 고파? 너, 점심도 안 먹던데?"

점심시간 내내 복도에서 내가 나오기를 기다렸나 보다.

"담임 만났지? 학교에서도 다 알고 있대. 경찰이 연락했겠지."

선생님이 나에게 구구절절 묻지 않은 이유가 있었다. 진규는 나보다 먼저 선생님을 만났다. 내가 빤히 바라보자 진규는 세나 소식을 전한 것에 책임감을 느낀다며, 내가 걱정된다고 했다.

"구안동에서 더 알아낸 건 없어. 저번에 말한 게 다야."

그곳 주민 대부분이 노인이었다. 세나가 발견된 곳은 마을과 뚝 떨어진 외진 곳이라고 했다. 밭 사이로 난 농로와도 멀어서 사람도 자동차도 다니지 않는다고 했다. 경찰이 온 그날 그곳에는 소문을 퍼뜨릴 입도, SNS에 능숙한 손도 없었다. 하지만 진규가 알고 있다. 세나 소식을 가장 잘 아는 녀석은 현실 친구만큼 SNS 친구도 많다.

"넌?"

내가 묻자 진규가 목소리를 낮췄다.

"할머니가 귀에 피 나도록 말씀하셨어. '콤퓨타, 휴대폰에 올리지 마라. 남의 고통을 놀이로 삼으면 천벌 받는다.'"

좋은 소식도 아니고 재미난 일도 아니고 친구 죽음이잖아,

하는 진규 말을 믿어 보기로 했다. 문득 '친구'와 '죽음'은 참 어울리지 않는 단어라는 생각이 들었다.
"할머니가 학생이 왜 그런 데를 헤매다가 더위에 쓰러졌는지 모르겠다고 하시더라. 뭔가 말 못 할 고민이 있었을 거라고. 맞아?"
세나가 거기에 간 이유를 너는 알고 있지 않느냐고, 나에게 묻는 듯했다. 모른다. 모르는데 알 것도 같았다.

방학에 우연히 진규를 만난 적이 있다. 세나에게 연락이 오길 기다리던 때였다. 비 오는 저녁에 거리를 쏘다니다가 벤치에 앉았다. 곧바로 엉덩이가 척척하게 젖었다. 젖은 곳에 앉았으니 당연했다. 이대로는 창피하니까 더 깜깜해지면 일어나야지, 하며 넋을 놓고 있었다. 그때 누군가 뛰어갔다. 진규였다. 바로 앞을 지나면서도 녀석은 나를 알아보지 못했다. 벌써 다 젖었는데 뭘 저렇게 달릴까 생각했다.
"김진규!"
돌아본 진규가 멈칫하다가 내가 가진 여분의 우산을 가리켰다. 누굴 마중 가냐고 물었다.
"응, 아니. 뭐……."
"야, 남는 거면 나 좀 빌려줘."
진규는 대답도 듣지 않고 우산을 가져가 펼쳤다.
괜히 알은척한 것 같아 후회되었다. 그대로 가 주면 좋겠는데 진규가 말을 걸었다.

"너도 학원 그만뒀더라."

과외 하냐, 여행 가냐, 집에 일이 있냐, 진규가 묻는 것마다 아니라고 했다.

"누굴 좀 기다려."

"누구? 얼마나 대단하기에 학원을 그만둬?"

"언제 올지 몰라. 집중해야 해."

"기다리는데 뭘 또 집중까지, 누군데?"

진규의 말투에 장난기가 담겼다. 학원을 그만둔 이유를 자신처럼 거짓말로 둘러대는 거라고 여기는 듯했다.

"세나. 갑자기 연락 올지 몰라."

어떤 조짐도 없이 나를 찾던 세나였으니, 이번에도 꼭 그랬으면 했다.

"아! 아······."

진규가 내 옆에 앉으려다가 흠뻑 젖은 벤치를 보고 움찔 놀랐다. 간절해서 쪼그라드는 내 속을 다 아는 듯이 대답했지만, 진규 또한 세나가 방학할 때까지 결석을 한 것 말고는 아무것도 알지 못했다. 당연하다. 나와 세나, 진규는 서로 친하지 않았으니까. 그런데도 나는 진규에게 세나의 안부를 물었다.

"세나, 지금 뭐 하고 있을까?"

"뭐 하긴, 나처럼 비 맞거나 너처럼 비 구경하겠지."

진규는 머뭇거리다 결국 벤치에 앉았다. 세나 몫의 우산을 쓰고서 내가 일어날 때까지 자리를 지켰다.

왜 갑자기 그날이 떠오른 걸까? 나는 진규를 뚫어지게 봤다. 나야말로 다시 묻고 싶었다. 그날 세나는 어디에 있었을까?

"모르면 말고! 뭘 그렇게 노려봐? 어쨌든 부모님이 뭐라고 안 하셔?"

"우리 가족은 몰라."

"엉? 그날…… 말 안 했어?"

"너한테 차인 줄 알아. 그래서 내가 병난 줄."

"야, 그게 말이 되냐?"

동시에 피식 웃었다.

"봤잖아, 자장면 배달이 되자마자 옆집 할머니 바로 쫓아온 거. 거긴 현실판 SNS 같은 곳이야."

제뉴에 오는 손님들은 구경하고, 주문하고, 주얼리 제작 클래스에 참여하면서 온갖 뉴스를 나누었다. 금성각이 왜 시끄러운지, 동물병원 원장 태도가 어떤지 같은 이웃의 일상부터, 지방에 들어선 유명 건축가의 수목원과 이탈리아 나폴리의 티본스테이크 맛집까지 다양한 뉴스가 오고 갔다. 그중에는 어느 중학생의 가출에 관한 것도 있었다. 현주 씨가 '학생이 가출을 자주 해서 집에서도 포기했다더라.'는 소문을 나에게 전했다. 손님들이 내린 결론도 알려 주었다. '세상 무서운 줄 모르고, 중학생이! 여학생이! 가출이 웬 말이냐.'

나는 세나에 관한 어떤 것도 가족에게 말하지 않았다. 그 말을 듣고 나서는 더더욱 하고 싶지 않았다. 아무것도 모르는 사람들이 함부로 하는 말로부터 세나를 지켜야 했다.
"너, 몰라? 너희 집에 또 갔었는데."
"정말? 왜?"
진규가 나보다 더 발끈했다.
"왜긴? 네가 전화 안 받았잖아! 뭔 일 난 줄 알고 걱정돼서. 아줌마가 너 자고 있다고 하더라."
그제야 납득이 갔다. 현주 씨가 우리를 오해할 만했다.
"나, 너희 집에서 나쁜 놈으로 찍힌 거지? 자전거 가지러 가긴 글렀다!"
그렇게 말하면서도 진규는 계속 따라왔다.
"전화 안 받아도 되니까 메시지에 답만 해."
"됐어. 필요 없어."
진규에게 스토커 짓은 그만두라고 했더니, 또 책임감 운운했다.
"입장 바꿔서 생각해 봐. 여름 내내 기다리다가 그런 소식 듣고 꼬꾸라지고, 전화도 안 받고. 너라면 걱정되겠어, 안 되겠어?"
메시지에 답을 하지 않으면 또 우리 집에 오겠다고 했다.
해는 펼쳐 놓은 빛을 거두어들이는 중이었고 학생들은 학원 건물로 줄줄이 들어갔다. 놀이터에는 꼬맹이들이, 잎이 무성한 나무 그늘에는 길고양이가…… 평소와 다를 게 없었다. 모두가 있어야 할 곳에 있는데 세나만 빠졌다.

헤어지기 전에 진규가 물었다.

"아이 씨, 이제 세나 어쩌지?"

"야! 세나한테서 아이 씨는 빼."

그제야 알았다. 오늘 교실에서 빈 책상을 보지 못했다는 걸. 세나가 빠진 자리는 이미 채워져서 흔적조차 남아 있지 않았다. 세나는 내가 잃어버린 친구다. 잃은 후에야 친구가 된.

그게 1년 전 일이다.

3.

여름 불면과 자전거

새벽 5시만 되어도 동네가 환했다. 자전거를 세우고 제뉴 문 앞에 앉아서 세상이 조금 더 깨어나기를 기다렸다.
자전거를 배운 지 1년도 더 지났지만 두려움은 줄지 않았다. 일단 자전거 안장 위에 앉으면 움직이는 모든 것들이 장애물로 보였다. 그럼에도 거리에 사람과 자동차가 적당히 있어 주어야 또 안심이 된다. 늘 있던 것이 없으면 무섭다. 그건 자전거로 뭔가를 들이받을까 봐 겁을 먹는 것과는 차원이 다른 공포였다. 어른들이 말했다. 사람이든 물건이든 비워진 채로 지내다 보면 무뎌지기 마련이라고. 시간이 흐르면 비어 있다는 걸 잊을 때도 있고, 없는 것이 당연해지는 시기가 온다고. 진짜일까? 엄마가 떠난 지 5년이 지났다. 5년은 무뎌지기에 어림없는 시간이었다. 그러니 세나가 없는 것을 인정하는 것 또한 먼 미래의 일이 될 터였다.

새소리에 고개를 들었다. 새는 보이지 않는데 소리가 아주 가까웠다. 건물과 자동차가 가득한 도심에 여러 종류의 새들이 산다는 걸, 새벽에 밖으로 나와 보고서야 알았다. 빛이 퍼지기 전의 차분함과 맑고 분주한 새소리가 꽤 잘 어울렸다. 어느 화가는 '말로 표현할 수 있다면 그림을 그릴 이유가 없을' 거라고 했다. 그 말에 반쯤은 동의를 해야겠다. 투명한 새들이 빛 조각을 물어 오는 장면을 떠올려 본다. 많은 빛을 쉴 새 없이 나르느라 아침이 밝을 때까지 분주한 소리를 낸다. 이런 청량함은 머릿속으로 그려 보는 수밖에 없다.

어릴 적부터 잠이 많았다. 엄마가 나를 아진이가 아니라 '잠진'이라고 부를 정도였다. 커서도 넘쳐 나는 잠은 늘 나를 괴롭혔다. 그런데 이번 방학에는 거짓말처럼 잠이 오지 않는다. 밤에 학원에서 돌아와 자정을 훌쩍 넘기고 침대에 누우면 반쯤 나갔던 정신이 어느 틈에 말짱해졌다. 잠깐 잠이 들었다가도 새벽보다 더 이른 시각에 깨어서 하루를 멍하니 보냈다. 어느 날은 더워서, 또 어느 날은 모기 때문인 줄 알았다. 그것 말고는 내 잠을 방해할 게 없었다. 현주 씨는 제뉴로 갈 때 노크를 하는 것으로 출근을 알렸다. 동우는 태권도와 수영을 가느라 나를 귀찮게 할 시간이 없었다. 학원 수업은 오후부터라서 늦잠을 자기에 최적의 조건이었다. 그런데도 미치도록 잠이 오지 않았다.

자가 진단 결과, 불면증이었다. 자도 자도 또 잘 수 있는 능력을 가진 나에게 불면증이라니. 인터넷에서 카페인, 스트레스, 전자 기기, 우울증, 과한 운동, 갱년기 같은 것이 원인이라고 알려 주었다. 나에게 해당되는 게 별로 없었다.

 불면증을 겪는 게 처음은 아니었다. 작년 여름 방학에는 세나를 걱정하느라 자는 둥 마는 둥 했다. 그나마 세나 소식을 듣고 일주일을 밤낮없이 잤다. 충격이 불면증을 다 없애 버렸는지, 아니면 내가 무의식중에 잠으로 도망을 친 건지 알 수는 없다. 아무튼 잠이 많아져서 차라리 다행이었다. 세나의 소식을 알고도 계속 깨어 있었다면 나는 어딘가 고장나 버렸을 것이다. 작년 겨울을 무사히 지내고 고등학교에 와서도 괜찮았는데, 여름 방학과 함께 불면증이 다시 돌아왔다. 마치 계절병처럼 말이다.

 잠을 못 잔 지 일주일 만에 좀비가 되었다. 낮을 흐리멍덩하게 보낸 뒤 밤이 되면 또랑또랑한 정신이 되어 까만 허공을 노려보았다. 잠들지 못하면 생각이라는 걸 하게 된다는 게 가장 큰 문제였다. 잠을 대신하는 생각들은 깊고 아득한 지하에서 끌어올린 것마냥 하나같이 습하고 버거웠다. 애타게 잠을 붙잡으려다 결국 불면증을 인정했다. 이름도 지었다. 여름 불면! 금성각 여름 계절 메뉴 '중국 냉면' 옆에 써 붙이면 딱 좋을 이름이었다.

 주말 밤에는 괜히 집 여기저기를 기웃거렸다. 깨어 있어도 깨어 있는 게 아니었다. 몸은 축축 늘어졌고 뇌는 눅진한 공기에 푹 절여져 온종일 멍했다. 이러다가는 몸보다 뇌가 먼저 끝장날 것 같았다. 그때 눈에 들어온 게 진규 자전거였다. 그랬다. 진규는 1년이 지난 지금까지도 자전거를 찾아가지 않았다. 잊을 만하면 생존 안부를 핑계로 메시지를 보내 왔지만, 자전거의 안부는 단 한 번도 묻지 않았다. 자전거에 쌓인 먼지를 닦고 보니 새벽 5시였다. 7시까지 기다렸다가 주민 센터 옆 어린이 공원으로 끌고 갔다. 거기에 공기 주입기가 있었다. 인터넷으로 배워 가며 바퀴에 바람을 넣은 뒤 집으로 돌아왔다. 내 자전거에 달아 두었던 물고기 인형을 진규 것에 옮겨 달았다.

새벽에 자전거를 탄 지 오늘로 나흘째다. 불면증에게 먹살이 잡혀 나왔지만 여름과 새벽, 그리고 자전거는 제법 괜찮은 조합이었다.

"너도 이 시간에 돌아다니는 건 처음이야? 새벽 자전거는?"

연거푸 물어도 대답이 없다면 또 물으면 된다. 그래도 답이 없으면 내 할 말만 하면 그만이다.

"나는 자전거 혼자서 타는 것도, 새벽에 타는 것도 처음."

어느새 도로에 차들이 지나고 사람들이 오갔다.

제뉴와 동물병원 사이 벽에 걸린 둥근 간판에 불이 꺼졌다. 문이 열리더니 모자를 쓴 아저씨가 개를 앞세우며 나왔다. 예전에는 저녁에 할아버지가 데리고 다녔는데 이젠 새벽마다 아저씨가 개를 산책시켰다. 할아버지가 편찮으시다는 게 사실인지도 모르겠다.

앉은걸음으로 슬그머니 물러나 제뉴 벽에 붙었다. 숨지 않아도 아저씨는 말을 걸지 않을 것이다. 이미 그제와 어제, 눈이 마주쳤다. 그때마다 낯선 길고양이를 보듯 나를 응시했다. 그마저도 피하고 싶었다. 어색하니까.

동물병원 아저씨는 동물을 아껴서인지, 아니면 나처럼 불면증이 있어서인지 24시간 진료를 한다. 지금처럼 병원을 비울 땐 간판 불을 끈다. 이 시간에 밖을 나오면서 알게 된 사실이다. 아저씨에게는 병원에 오는 동물들에게만 친절하다는 소문이 따라다녔다. 진료가 아닌 대화는 하지 않는다고 했다. 이웃이 말을 걸어도 인사만 하고 지나가서 '사람이 예의가 없다.'는 평이 났다. 나처럼 말이다.

나는 현주 씨에게 매번 같은 잔소리를 듣는다. '손님과 이웃에게 인사해라, 버릇없어 보인다.' 인사가 인사로만 끝나면 좋은데 그렇지가 않다. 괜히 아는 체를 한다. 샌드위치 가게 아줌마만 해도 두 달에 한 번은 몇 학년이냐고 묻는다. 심심풀이로 나를 불러 세워서 아무 말이나 하니까 기억을 못 하는 것이다. 그래서 웬만하면 동네 사람들을 피하거나 못 본 척한다. 그게 편하다.

금성각 앞에 식자재 배달 트럭이 섰다. 제뉴의 또 다른 옆집 금성각은 오래된 중식당으로 꽤 유명하다. 사장인 할머니는 금성각을 중국집이 아닌 중식당이라고 불렀다. 둘째 아들을 주방장이 아닌 셰프라고 부르는 것만큼이나 식당 호칭에 신경을 썼다. 새벽에 트럭이 오면 둘째 아들이 나와서 물건을 안으로 나른다. 그가 소문처럼 '지랄맞은 망나니(이건 할머니 표현이다.)' 짓만 하는 줄 알았는데 의외로 부지런한 면(이것도 할머니가 한 말이다.)이 있는 게 맞을지도 모르겠다. 그렇지만 '둘째가 요리에는 진심'이라는 할머니의 대외 홍보용 발언을 전부 믿지는 않는다.

금성각 문이 열리기 전에 자전거에 올랐다. 동물병원 앞에서 자전거를 돌려 방향을 잡았다. 세 블록쯤 지나면 새로 들어선 동네가 나온다. 낡고 오래된 집들이 헐린 뒤 새로운 상점들이 생기면서 분위기가 확 바뀌었다. 언덕을 따라 들어선 상가주택에 카페, 책방, 작은 식당과 공방이 문을 열었다. 야트막한 오르막은 자전거로도 벅차지 않았고, 내려올 때 적당히 속도가 붙어서 바람을 맞을 수 있었다. 내리막길을 탈 때면 밤샘 근무를 마친 가로등이 일제히 꺼지는 순간을 맞기도 했다. 세상의 경계를 통과하는 나만의 판타지였다. 반짝, 기분이 좋아진다는 뜻이다.

동네 초입에 생긴 지구대를 지나쳤다가 되돌아갔다. 지구대 앞 게시판이 나를 붙잡았다. 실종 아동을 찾는 전단지에 아이들 사진이 촘촘했다. 전단지가 동네만큼이나 새것이어서 사진이 아주 선명했다. 아이들은 한결같이 어렸다. 이들보다 나이 많은, 툭하면 사춘기 병 환자 취급을 받는 중학생이 가족과 싸운 후 돌아오지 않는다면 그건 반항과 가출로 보겠지. 사진 속 아이들 중 몇 명은 이제 20대가 되었을 것이다. 아직 집으로 돌아가지 못했기에 여전히 어린 모습으로 여기 남아 있다.

그 옆으로는 성인 남녀 얼굴이 가득한 공개 수배 전단지가 있었다. 그중 두 명에게는 '여러분의 신고로 검거'라는 도장이 찍혀 있었다. 아무리 그래도 그렇지, 실종 아동 옆에 범죄자 전단지라니……. 화가 치밀었다.

"이걸 나란히 붙여 놓는 건 좀 아니지 않냐? 입장이 정반대인데."

누구라도 답을 하면 좋을 텐데, 듣고 있지 않은 듯했다.

자기 사진 옆에 범죄자 사진이 붙어 있다는 걸 알면 아이들이 무서워하지 않을까? 내가 아이의 가족이라면 지구대로 들어가서 따지거나 두 전단지 사이에 넘지 못할 경계선이라도 그어 주었을 것이다. 하지만 나는 가족도 아니고, 무엇도 아니다. 종일 함께 놀던 친구가 갑자기 사라져도 시치미를 뚝 뗐다. 나에게 화를 낼 자격이 있을까?

지구대 문이 열리며 경찰이 나왔다. 나는 게시판에서 떨어져 자전거 페달을 힘껏 밟았다.

4.

> 침범하지 마시오

제뉴 문이 잘 열리지 않았다. 유리문 너머로 커다란 짐 가방이 보였다. 초록 벨벳 소파 위에도 봉지들이 한 무더기였다. 현주 씨가 도매 시장에서 돌아왔다. 문으로 짐들을 밀고 들어가 제뉴를 통과해서 조심스레 자전거를 세웠다. 주방에서 물소리가 나는 것을 확인한 뒤 까치발을 하고 방으로 갔다. 깨어 있는 걸 들키면 같이 밥을 먹고 짐을 풀자고 할 게 뻔했다. 이 시간에 밥이 들어갈 리 없었다. 제뉴 일도 하고 싶지 않았다. 무엇보다 새벽에 나갔다 오는 걸 아무도 몰랐으면 했다.

들키지 않고 방까지 무사히 왔지만 침입자가 있었다. 또 손동우였다. 지난번에는 동우를 쫓아내느라 방문에 발가락까지 찧었다. 점점 시커멓게 변해 가는 내 발톱을 보고 동우가 잘못을 깊이 반성하는 줄 알았는데 착각이었다. 은제는 다섯 살이나 어린 초등학생과 싸움이 되냐고 물었지만, 모르는 소리다.

방을 사수하려면 싸우는 수밖에 없다. 그것도 치열하게, 최선을 다해서.

동우가 내 방을 맘대로 오가는 건 어제오늘 일이 아니었다. 어릴 적, 정확히는 엄마가 병원에 있게 된 후부터 동우는 부쩍 내 옆에 있으려고 했다. 그땐 나도 동우와 함께 있는 게 좋았다. 작은 어깨와 통통한 손, "누나, 누나." 부르는 소리에 마음을 기대었다. 책상에 나란히 앉아서 숙제를 하고, 애니메이션을 보고, 간식을 먹었다. 그러나 시간이 지나면서 같이 있는 게 점점 성가시게 느껴졌다. 동우는 내 구역을 아무렇게나 침범했고, 나를 수시로 방해했다.

그런 동우를 참아 준 건 중학교에 가기 전까지였다. 동우는 무작정 문을 열었다가 내가 "노크!" 하고 소리치면 "미안. 깜빡했어." 하면서도 기어이 들어왔다. 내가 상대해 주지 않으면 미적대며 시간을 보내다가 나갔다.

아직도 동우는 우리가 모든 것을 공유하던 그 시절에 머물러 있는 줄 안다. 얼마 전에는 내가 빤히 보고 있는데도 잠가 둔 서랍을 열려고 했다. 거기엔 초등학교 5학년 때부터 쓴 일기장 13권이 들어 있었다. 어쩌면 녀석은 그걸 이미 다 읽었는지도 모른다. 작년에 진규가 찾아왔을 적에 내가 남자를 사귀어 본 적 없다고 확신하던 그 자신감도 영 수상쩍었다.

마침 일기장들이 거슬리던 참이었다. 엄마가 아프고 난 후부터 하루에도 몇 번씩 감정을 덜어 내던 곳이었다. 하지만 세

내가 결석을 한 후로는 단 한 줄도 쓰지 못했다. 내 안에 무수한 감정이 들끓어도 도저히 글로는 옮길 수 없었다.

여름 불면이 막 시작되었던 지난주 새벽, 그것들을 처리했다. 제뉴로 가서 포장지를 종류별로 골라 와, 일기장을 두세 권씩 포장하고 리본을 둘렀다. 펼쳐 볼까, 잠깐 망설였지만 박제된 묵은 감정을 마주할 자신이 없었다. 그것들은 읽고 감상하기 위해 쓰인 글이 아니었다. 포장을 끝낸 일기장들을 신발 상자 두 개에 나눠 담고 테이프로 봉했다. 상자를 옷장과 천장 사이 빈 공간 깊숙이 밀어 넣었다. 꼭꼭 감추었지만 일기장의 운명은 이미 정해져 있었다. 머지않아 재가 될 것들이었다.

이제 무엇도 끄적이지 않지만, 그래도 일기장을 마련했다. 쓰지는 못해도 기억하고 싶은 마음이 있어서다. 날짜 말고는 동우가 읽을 수 있는 게 아무것도 없어서, 숨길 필요도 없었다.

옷장 안으로 시커먼 다리가 들어가는 것을 보고 조용히 다가갔다. 나는 옷장 문손잡이에 전자 모기 채를 가로질렀다. 곧바로 안에서 반응이 왔다.

"조용히 해. 안 열어 주는 수가 있어."

"엄마 온 거 다 알거든. 전화할 거야. 나 휴대폰 갖고 있어."

"누가 엄마야? 내 앞에서 엄마, 엄마 하지 마."

"전화한다."

열어 줄 것도 없이 손을 떼자마자 모기 채가 바닥으로 떨어졌다.

"꺼져."

"응."

동우는 순순히 방을 나갔다가 도로 들어왔다.

"누나 자전거, 내가 탄다."

"많이 먹고 키나 커. 페달에 발도 안 닿으면서."

"발 닿으면 내 거?"

말투가 당당했다. 벌써 타 봤는지도 모른다. 사실 동우는 나와 키 차이가 얼마 나지도 않았다. 신발은 나보다 더 큰 사이즈를 신는다.

"누나는 새거 있잖아."

"친구 거라니까. 찾으러 올 거라고."

"언제? 계속 우리 집에 있잖아."

동우가 이러는 건 현주 씨의 영향이 컸다. 좁은 복도를 차지하고 있는 자전거를 두고 현주 씨가 이따금 한 소리를 했기 때문이다.

"왜 안 가져간다니? 저렇게 큰 걸 잊은 건 아닐 테고, 자전거를 포기할 만큼 널 다시는 보고 싶지 않은 거래?"

"그런 거 아니라니까."

현주 씨의 착각은 시간이 지나도 견고했다. 남자애가 헤어지려고 가족이 다 있는 여자 친구 집까지 찾아온다는 설정이 도대체가 말이 안 된다. 조금만 생각해 보면 알 수 있다. 현주 씨는 결혼과 이혼을 경험하고도 그걸 모른다.

"그럼……, 필요 없대? 걔네 돈 많아?"

"응."

"그래? 어디 사는데? 부모님 뭐 하시는데?"

"몰라. 하여간 걔는 벌써 새거 샀어."

둘러대려 아무 말이나 했지만 완전히 틀린 답은 아니었다. 진규는 기숙사가 있는 고등학교에 갔는데, 집에 다니러 왔을 때 킥보드를 타고 가는 걸 우연히 본 적이 있다. 그건 누구나 사용 가능한 공유 킥보드가 아니었다.

물러난 줄 알았던 동우가 휴대폰으로 사진을 보내왔다.

― 친구들도 다 이런 거 타거든!

자전거를 타는 친구들 사진 다음으로 복도 자전거에 앉아서 페달에 발이 닿는 자신의 사진을 보냈다. 사진 속 종아리가 실제보다 더 새까매 보였다. 그새 현주 씨에게 사진을 찍어 달라고 했나 보다. 동우는 종일 밖에서 지냈다. 학원도 잘 다니고 먹기도 많이 먹고 노는 데도 열성적이었다. 어디서 그런 에너지가 나오는지, 자는 시간 빼고는 잠시도 가만히 있지 않았다. 얼굴만 닮았을 뿐, 나와는 다른 생명체였다.

깜빡 잠이 들었다가 나가 보니 집 안이 조용했다. 출출해서 동우 방으로 가 곰돌이 젤리를 챙겼다. 그 방에서 건질 만한 건 과자뿐이었다. 젤리를 질겅질겅 씹으며 어슬렁거렸다. 그사이 복도에 있던 자전거가 사라지고 없었다. 그제야 동우가 내 방에서 노린 게 자전거 체인 자물쇠라는 것을 알아차렸다.

이 집은 돌아가신 할아버지 소유였다. 젊었을 적에 택시 운전을 했다는 할아버지는 건물을 사서 슈퍼마켓을 열었다. 그게 아빠가 고등학생일 때였다. 대학교에 입학하면서 여기를 떠난 아빠는 짧게 살았던 이곳에 대한 기억이 별로 없었다. 할머니가 먼저 돌아가시고 할아버지는 슈퍼마켓을 편의점으로 바꾸어서 몇 년을 더 일했다. 그러다 할아버지마저 이사를 간 후로는 줄곧 세입자들이 살았다. 내가 어릴 때 갔던 할아버지 집도 여기가 아닌 작은 빌라였다.

아빠와 현주 씨가 건물 처분을 두고 대판 싸운 적이 있다는 것을 최근에 알았다. 현주 씨는 팔기를 원했고 아빠는 가지고 있어야 한다고 했다. 둘 사이에는 그 싸움 이전에 이미 쌓인 앙금이 있었다. 아빠는 현주 씨의 결혼 상대자를 탐탁지 않아 했다. 어릴 적에 자주 놀러 오던 현주 씨(그땐 고모라고 불렀다.)가 엄마가 돌아가실 때까지 우리 집에 발길을 끊은 것은 그것 때문이었다.

낡고 오래된 건물은 구조가 엉망이었다. 건물주가 자금이 부족했거나, 형편없는 건축업자를 만났거나 둘 중 하나였다. 우선 집을 드나드는 것부터가 불편했다. 이건 할아버지 탓이었다. 슈퍼마켓을 할 때만 해도 가게 옆으로 복도와 이어지는 출입구가 따로 있었는데, 편의점으로 바꾸면서 통로를 가게 자리로 확장해 버린 것이다. 그래서 가게가 집의 유일한 출입구가 되었다. 제뉴를 통해 드나드는 것은 좀처럼 익숙해지지 않았다. 현주 씨나 손님이 있으면 검색대를 통과하는 것처럼 느껴졌다. 옷차림뿐만 아니라 표정과 그날의 감정까지 스캔을 당하는 것 같았다.

 제뉴 뒷문부터 옥상을 오르는 계단까지 이어지는 통로를 우리는 복도라고 불렀다. 이사를 오던 날 동우는 학교처럼 복도가 있다며 여기를 뛰어다녔다. 복도 왼쪽은 우리가 사는 공간이고 오른쪽은 높고 기다란 창문이 있다. 그 옆에는 가게 손님을 위한 화장실이 있고, 창문 너머는 금성각 뒷마당이다.

 이 상가 주택에서 가장 이상한 것은 복도 끝 계단이다. 첫 번째 단이 어찌나 높은지 끙차, 하고 올라서면 좁다란 계단이 옥상까지 이어졌다. 계단 난간은 두툼한 시멘트였고 그마저도 매끈하지 않았다. 벽에는 쓰고 남은 것들을 뿌려 놓은 듯, 파쇄 타일이 군데군데 박혀 있었다. 시멘트에 반쯤 묻힌 것도 있지만 유난히 튀어나와서 존재감을 드러내기도 했다. 이사를 위해 집수리를 할 때 아빠는 계단 전체에 검푸른 페인트를 칠해 달라고 주문했다. 그래서 계단은 어두운 동굴처럼 되어 버렸다.

 주말에나 오는 아빠와 제뉴로 바쁜 현주 씨는 처음부터 옥상에는 관심이 없었다. 더구나 동우가 옥상에 올라가 위험스레 아래를 내려다보는 일이 있고부터 그곳은 출입 금지 구역이 되었다. 그러니 계단이 동굴 색이어도 누구 하나 불만이 없었다. 게다가 말라 가는 개업 축하 화분들이 계단으로 밀려나 층층이 길을 막고 있어서, 옥상의 존재감은 더욱 희미해졌다.

그런데 내가 3년 넘게 막혀 있던 계단 길을 뚫었다. 불면증에 시달리다 진규 자전거를 닦고 난 다음 날, 마른 흙으로 가득 찬 화분들을 끙끙대며 옥상으로 올렸다. 꼴딱 밤을 새서 정신이 몽롱한 상태였다. 제정신이었다면 더운 날 그런 짓을 할 리 없었다.

일을 끝내고 2층을 지나 옥상으로 꺾이는 계단참에 앉았다. 마침 소나기가 내려서 열어 둔 옥상 문 너머로 빗소리가 들렸다. 계단참에 있는 작은 창문도 마저 열었다. 두터운 시멘트 난간에 기대어 창밖을 보고 있으니 슬그머니 잠이 왔다. 졸면서 좋다고 생각했다. 그래서 다시 땀을 흘려 가며 계단에 쌓인 먼지를 걷어 내고 화분 하나를 1층 계단 입구에다 되돌려 놓았다. 일종의 빗장이었다. 내 구역! 침범하지 마시오.

5.
          창밖의 목소리

옥상 문을 열자 더운 열기가 훅 끼쳤다. 곧장 담배 냄새가 따라왔다. 화분을 끌어다 문을 고정시켰다. 이렇게 하지 않으면 철문이 저절로 닫혀 버린다. 계단참 창문 너머로 아래를 내려다봤다. 옆집 마당에는 아무도 없었다. 그사이 배달 아저씨들이 꽁초를 던지고 안으로 들어갔나 보다.

금성각 마당은 오늘도 여전했다. 파란 비닐봉지 위로 삐죽이 나온 대파, 빨간 망에 가득한 양파, 종이 상자에 넘치도록 담긴 감자 같은 식재료가 창고 담을 따라 그득했다. 오늘도 수돗가 뒤 창문(그 창문 벽이 우리 집 복도 창문과 직각을 이루고 있다.)으로 음식 냄새가 섞인 더운 김이 쏟아져 나왔다. 이사를 왔을 때 현주 씨가 기겁을 했다. 반짝반짝 윤이 나도 모자랄 소품숍에 음식 냄새가 웬 말이냐며, 창문에다 환풍기를 달고 제뉴에 공기 청정기와 값비싼 향초를 놓았다.

옆집 마당을 둘러보고 계단참에서 두 칸 올라온 계단에 앉았다. 작은 창으로 멀리까지 볼 수 있는 자리였다. 건너편 주택 옥상에 걸린 빨래가 흔들리지 않는 걸 보니 오늘도 바람 없이 덥기만 한 날이었다.

어땠을까…… 조각난 시간…… 상상이 안 돼.
보일 수 없던 너의 세상, 음…… 음음……
이젠 내가 불을 밝힐게.

올여름 플레이리스트에는 작년과 다르게 내 마음을 알아주는 노래들을 담았다. 휴대폰에서 나오는 노래를 흥얼거리다가 멈췄다. 다른 소리가 끼어드는 줄 알았는데 아무것도 들리지 않았다. 다시 노래를 부르는데 또 무슨 소리가 들렸다. 이번에는 음악을 꺼도 흥얼거림이 계속되었다. 분명 나 말고도 노래를 따라 하는 소리가 있었다. 창밖 이웃은 싸움은 해도 노래는 하지 않을 이들이었다. 더구나 지금은 웍이 쉴 새 없이 달궈지는 주문 많은 점심시간이다.
금성각은 할머니와 둘째 아들 부부가 운영하고 있다. 할머니는 우리가 이사 왔을 때 무척 반겼다. 집주인이 온 데다 젊기까지 해서 기쁘다고 했다. 알고 보니 자주 소란을 일으키는 둘째 아들 때문이었다. 이전에 살던 이웃이 밤낮을 가리지 않고 항의를 했다는 것이다. 그런데 아들의 소란과 옆집에 젊은 주인이 사는 게 무슨 관련이 있는지 모르겠다. 우리라고 이웃의 소란을 좋아할 리 없었다.

소리를 따라서 마당을 훑었다. 수돗가 옆에 엎어 둔 스텐 들통에서 반사되는 빛 너머로 흐릿한 형체가 보였다. 역시 너였다. 며칠 전에는 창고 벽에 기대어 자장면을 먹더니 오늘은 수돗가에서 양파를 까는 중이었다. 너는 왼쪽 대야에 있는 양파를 집어 껍질을 깐 후 오른쪽 대야로 던지는 걸 반복했다. 왼쪽 대야가 꽉 찬 걸 보니 이제 막 일을 시작한 모양이었다.

네가 일어나서 기지개를 켜다 말고 멈칫했다. 재빨리 창문에서 떨어졌지만 늦었다. 또 들키고 말았다. 나를 부르는 소리가 들렸다. 더 이상 모른 체할 수 없다.

창가로 다가가서 손을 흔들었다.

"엉, 나도 안녕."

햇빛을 고스란히 받느라 찡그린 네 얼굴에 웃음이 감돌았다. 방학 동안 아르바이트를 하는 걸까?

"양파가 하루에 그만큼이나 필요해?"

"몰라. 난 다듬기만 해서."

땅으로 떨어지는 양파 껍질의 주황색이 너의 체크무늬 셔츠의 초록색과 대비되었다.

"중국 음식에는 죄다 양파가 들어가는 것 같아."

대화를 이으려 꺼낸 말이었는데, 너는 엉뚱한 대답을 했다.

"난 사실 양파가 싫어."

양파를 까기 전에도 싫었을까? 아니면 엄청난 작업량에 질려 버린 것일까?

"언니는 내가 이상하대. 파와 양파 둘 다 싫어하거나 파를 싫어하는 사람은 있어도 양파만 싫어하는 사람은 없대. 그런데 난 파는 좋아. 맛있어."

"뭐라고? 언니라고?"

네가 손차양으로 해를 가리고 올려다보았다. 그게 이상해? 나에게 되묻는 듯했다.

여태껏 네가 남자인 줄 알았다. 앞머리가 눈을 가릴 정도로 길긴 했지만 투 블록 커트에 체형을 알 수 없는 사이즈 큰 셔츠와 반바지 차림이어서였다.

네가 학원은 안 가냐고 물었다.

휴대폰을 보니 벌써 1시가 훌쩍 넘어 있었다.

"아, 늦었다."

나는 엉덩이를 털고 일어났다. 학원을 가기 전에 은제와 만나기로 했다.

"언제까지 일해?"

"나도 이제 갈 거야."

저 많은 걸 오늘 다 끝내야 하는 건 아닌가 보다.

"아니, 아르바이트 언제까지냐고, 며칠까지……."

너는 잔뜩 찡그린 얼굴로 나를 향해 고개를 치켜들었다. 모습은 흐릿해도 네 표정만은 또렷이 보였다. 문득 뙤약볕에서

일하는 너를 집 안에서 내려다보고 있는 게 미안해졌다.
 계단을 내려가자마자 기다렸다는 듯이 현주 씨가 제뉴에서 고개를 내밀었다.
 "옥상 문 잠갔어?"
 "응."
 나는 대답과 동시에 다시 계단을 올랐다. 현주 씨는 내가 옥상에 드나드는 걸 안다. 알고도 감쪽같이 시치미를 떼고 있었다. 옥상 철제문 손잡이가 볕에 달궈져서 뜨거웠다. 문을 잠그고 내려가다가 다시 창밖으로 마당을 내려다봤다. 내일은 창고 앞 그늘에서 일을 하라고 말해 주고 싶었는데……. 늦었다. 넌 가고 없었다.

6.

비밀번호 738

중학교에 와서 가장 먼저 사귄 친구가 은제다. 짝이 되어서 친해졌고, 2년 동안 같은 반이어서 꼭 붙어 다녔다. 다른 반이 된 3학년 때는 서로 수업이 끝날 때까지 기다려 주었다. 화요일과 금요일에는 각자 학원으로 찢어지기 전에 함께 저녁을 먹었다.

고등학교는 서로 갈렸다. 해당 학군에 있는 학교 열한 곳을 같은 순서로 지원했는데도 나와 은제는 버스로 아홉 정류장이나 떨어진 학교로 각각 배정되었다. 우리는 발을 동동 구르며 어찌할 줄 몰랐다. 그땐 세상 종말을 맞은 것처럼 암담했다.

이제 우리는 약속을 해야만 만날 수 있다. 오늘이 바로 그날이었다. 방학 시작이 늦은 은제가 지난밤에 연락을 해 왔다.

— 만나.

― 그래, 무조건.

― 방학 계획 1번, 너랑 놀기.

― 그치, 방학 첫날은 놀아야지.

은제는 당장 다음 날 학원 수업 반나절을 빠지겠다고 했다. 방학 동안 대부분의 학원은 텐투텐(10 to 10)으로 돌아간다. 오전 10시부터 밤 10시까지가 수업과 자율 학습으로 채워진다. 은제가 나를 만나려면 오늘이 아니더라도 학원을 빠지는 수밖에 없었다.

― 내일 좋지?

물론이다. 은제를 만나는 건 다른 누구와도 비교할 수 없을 만큼 좋다.

사실 친하지 않아도 누군가 만나자고 하면 응할 생각이다. 용건을 꼬치꼬치 묻지 않을 것이고, '그냥'이라고 해도 상관하지 않을 것 같다. 상대는 진심을 '그냥' 뒤에다 숨기고 망설이는 것일 수도 있으니까. 무심하게 지나쳤다가 중요한 것을 놓친 경험에서 배운 것이다. 후회하는 시간이 아무리 길어도 잃은 것은 되찾을 수 없다.

빠르게 외출 준비를 했다. 선풍기와 헤어드라이어를 동시에 켜서 머리를 말렸다. 가방은 두고 틴트와 거울만 챙겼다. 지난

봄에 은제가 준 손거울은 서랍 맨 아래 칸에 두었다. 결코 동우 손으로 흘러 들어가서는 안 될 것들을 넣어 두는 그곳엔 세나의 자물쇠가 걸려 있다. 은제는 세나를 알지 못했다. 하지만 은제 덕분에 그 자물쇠를 가질 수 있었다. 악수하듯 자물쇠를 꼭 잡아 주고 방을 나왔다.

　작년 6월, 3학년 1차 지필 평가에 이어서 남아 있던 수행 평가가 끝났을 무렵이었다. 성격 급한 선생님은 벌써부터 학기 말 지필 평가 범위를 통보했지만, 우리는 졸업 사진 촬영에 온통 정신이 쏠려 있었다. 한 번은 학교에서, 또 한 번은 생태 공원에서 사진을 찍었다. 촬영 전부터 사진 수정을 두고 의견이 분분했다. 일단 찍으면 재촬영은 없다고 했지만, 촬영 후 유일하게 한 명에게만 기회가 주어졌다는 소문이 돌았다. 누군가는 업체 블로그와 SNS에 집요하게 수정을 요구하는 중이라고도 했다.
　그즈음부터 세나가 학교에 오지 않았다. 장염으로 결석하는 아이들이 있어서 세나도 그런 줄 알았다. 결석 둘째 날, 선생님이 '정세나는 친척 집 방문으로 체험 학습 중'이라고 했다. 그래서 나는 세나가 언니에게 간 줄로만 알았다. 세나에게 언니와 살 거라는 말을 들은 직후였다.
　그렇게 일주일이 지났다. 세나에게는 함께 급식을 먹고, 화장실을 가고, 기다렸다가 교문을 나서는 친구가 없었다. 그건 길어지는 그 애의 결석에 관심을 갖는 아이가 없다는 뜻이기도 했다.

나도 마찬가지였다. 5학년 때 한 반이었지만 얼굴과 이름만 아는 정도였다. 중학교에서 우연히 마주치고 나서야 세나가 초등학교 6학년 때 이 동네로 전학 온 걸 알았다. 중학교 3학년 때 같은 반이 되었어도 연락을 하며 지내는 사이가 아니었다. 하지만 나에게는 세나를 챙겨야만 하는, 아무도 모르는 이유가 있었다. 연락을 해 봤지만 세나의 휴대폰은 매번 꺼져 있었다. 연결되지 않은 부재중 전화가 늘어 갈수록 내 안에서도 불안이 점점 부풀어 올랐다.

6월이 끝나기도 전, 이르게 장마가 시작되었다. 마른장마라며 비가 통 오지 않다가 하룻밤 사이에 무섭게 퍼붓곤 했다. 전국 각지의 침수 피해 뉴스가 계속 전해지던 어느 날, 담임 선생님이 반 아이들에게 최근 세나를 보거나 연락을 한 사람이 있는지 물었다. 아무도 손을 들지 않았다. 선생님의 질문 때문인지 세나에 관한 여러 소문이 돌기 시작했다. 그중에는 나와 관련된 것도 있었다.

"손아진, 네가 마지막 목격자라며?"

"뭐? 누가 그래?"

내가 발끈하자 질문한 아이가 피식 웃었다.

"아님 말고."

뒤쪽에서 아이들의 대화가 들려왔다. 들으라고 일부러 큰 소리로 말했다.

"둘이 만난 뒤부터 학교 안 오잖아."

"아진이랑 세나랑 왜 만나? 그거 가짜 뉴스야."

"가짜 아니야. 당사자가 한 말이거든."

소문의 출처는 내가 볼 수 없는 세나의 SNS였다. 세나가 마지막으로 올린 사진에 내가 있다는 것이다. 나는 세나와 사진을 찍은 적이 없었지만, 보지 않았으니 확신할 수 없었다.

그날 학원 엘리베이터 안에서 한 아이가 휴대폰으로 SNS 사진을 캡처한 이미지를 보여 주었다. 자신도 누군가에게서 받은 거라고 했다. 사진에는 신발 두 켤레의 앞코가 손톱만큼 작게 찍혀 있었다. 각도로 봐서는 두 사람이 나란히 서 있는 것 같았다. 사진 아래에 있는 태그에서 '#아#진'이 눈에 들어왔다. 맞았다. 검정 스니커스가 내 것이었다.

세나가 이미 자퇴를 했다는 소문도 들렸다. 매년 한두 명은 학교를 떠나는, 새로울 것 없는 일이 세나와 연결되어서 지저분한 뒷말이 붙었다. 지난달에 학교를 그만뒀는데 선생님이 말을 하지 않은 건 이상하다고, 학교의 누군가와 연관된 게 아니냐고 했다. 궁금증을 참지 못한 아이들이 반장을 부추겼다. 반장이 교실을 나서는 선생님을 붙들었다.

"샘, 정세나 뭐예요? 왜 안 나와요?"

"세나는 개인 사정으로 결석이 좀 길어지고 있어. 괜한 얘기에 휩쓸리지 말고, 이런 걸로 우리 반 어수선해지지 말자."

선생님의 대답은 아이들의 호기심을 잠재울 수 없었다.

그날 이후, 소문은 걷잡을 수 없이 휘몰아쳤다. 아이들은 세나의 안부가 궁금한 게 아니라, 씹고 즐길 거리가 필요한 것뿐이었다. 결국 나는 선생님에게 갔다. 세나와 최근에 만나거나 연락을 한 건 아니지만, 소문처럼 내가 마지막으로 만난 사람일 수도 있었다. 선생님은 내 얘기에도 별말 없이 고개만 끄덕였다.

며칠 후, 복도에서 선생님을 마주쳤다. 나를 지나쳐 간 선생님이 뭔가 생각났는지 잠깐 상담실로 가자고 했다. 그곳에서 사복 차림의 경찰관 두 명을 만났다. 신분을 밝히지 않았다면 상담을 위해 방문한 학부모로 보일 만큼 평범했다. 선생님에게 했던 말을 점검하듯 그들 앞에서 세나와 만났던 기억을 더듬었다.

그날 나도 알아낸 게 있었다. 세나는 토요일에 나와 헤어지고 집에서 일요일을 보낸 후, 월요일 아침에 평소처럼 집을 나갔다고 했다. 그런 세나의 행적 때문인지 경찰은 내가 한 말에 큰 의미를 두지 않는 듯했다. 어른들은 그것 외에는 어느 것 하나 확실하게 말해 주지 않았다. 선생님은 세나를 위한 것이라며 말이 새 나가지 않아야 한다고 당부했다. 상황이 점점 심각해지는 게 분명했다.

단축 수업을 한 날, 주차장으로 가는 선생님을 따라잡았다. 세나의 사정이 무엇인지 제대로 물으려고 했다. 마침 선생님은 세나 집에 가는 길이라고 했다. 약속에 늦었다고 하면서도 나를 떼어 놓으려고 시간을 끌었다. 나는 자동차 문손잡이를 붙잡고 "저도 가고 싶어요."를 무한 반복한 후에야 선생님 옆자리에 탈 수 있었다.

선생님은 골목 입구 주유소에 주차를 했다. 얼마 가지 않아 안개 같은 비가 내리기 시작했다. 며칠째 날씨가 이 모양이었다. 선생님은 한 손에 우산을, 다른 손에 휴대폰을 들고 길을 찾았다. 갈림길이 나오면 내가 먼저 방향을 알려 주었다. 선생님은 길이 복잡하다며 나와 같이 오길 잘했다고 했다.

막다른 골목에 이르러 나는 안쪽 검은 대문을 가리켰다.

"왜? 같이 안 가?"

"샘, 세나 사정이 뭐예요?"

자세히 알 필요도 없었다. 어디에 있는지, 잘 있는지 정도만 알면 그만이었다. 경찰이 학교까지 온 걸 보면 세나가 언니에게 가지 않은 게 확실했다.

"나도 그걸 알아보려고 여기 온 거야."

선생님은 경찰서에서 이미 세나의 가족을 만났지만, 그냥 있을 수 없어서 온 거라고 했다.

나는 선생님을 두고 길을 되돌아 나왔다. 세나 부모님을 만나고 싶지 않았다. "우리 아이와 친했니? 학교에서 어땠니? 들은 말 없니?" 이런저런 질문을 받을 게 뻔했다. "안 친했어요. 세나를 잘 몰라요. 평소에요? 같이 안 놀아요." 나에게는 부모님이 듣고 싶어 할 만한 답이 없었다. 굵어지는 빗줄기를 맞으며 골목을 헤매다 간신히 집으로 돌아왔다.

복도 쪽 창가, 앞에서 네 번째가 세나 자리였다. 아이들은 돌아가며 그 자리에 앉았다. 한 아이가 세나 자리로 옮기면 그 아이 자리에 다른 아이가 앉았다. 담임 선생님 수업이 아니면 자리바꿈이 꼬리를 물고 이어졌다. 매시간 자리를 바꾸는 아이들도 있었다. 하루가 후딱 지나간다며 저희끼리 좋아했다.

그 놀이를 못마땅하게 여기는 건 나뿐인 것 같았다. 세나 자리에 누군가 앉는 것부터가 싫었다. 그 자리는 비어 있는 채로 두고 싶었다. 그래야만 세나가 돌아올 것 같았다. 앉지 말라는 내 말을 아이들은 가볍게 무시했다.

점심시간이 끝나고 5교시가 시작될 무렵이었다. 몇 명이 책과 파우치를 챙겨서 키득대며 자리를 고르는 중이었다.

"몇 번을 말해? 앉지 말라니까!"

내가 화를 내자 상대가 어이없어했다.

"야! 여기 네 자리 아니야."

"그래, 내 자리 아니고 네 자리도 아니야. 그러니까 네 자리로 가."

"네가 담임이야? 짝꿍이야? 뭔데? 정세나랑 친해? 아니, 친했던 거야?"

"아닐걸? 둘이 노는 거 본 적 없는데?"

"눈에 안 보이니까 없던 우정이 샘솟아? 재수 없거든."

없던 우정에 한 표. 나도! 난 재수 없다에 한 표. 나도! 나도! 여기저기서 아이들 손이 쑥쑥 올라왔다. 누군가 "아진이한테 왜 그래?" 하며 내 편을 들었다.

더 이상 나설 수 없었다. 정작 세나 짝인 보희는 누가 앉든 상관하지 않았다. 오히려 마음에 드는 아이가 옆자리로 오면 하이 파이브를 하며 반겼다. 교실에서 드러나지 않던 세나의 존재가 더 희미해지고 있었다.

수업을 마치고 교실이 비기를 기다렸다. 복도에서 안을 살피는 은제에게 먼저 가라고 했다. 세나 책상 안에는 표지가 찢긴 교과서와 구겨진 안내장, 볼펜, 휴지 뭉치가 마구 뒤섞여 있었다. 이제 누구나 앉는 자리가 되어 버려서 무엇이 세나 것인지 알 수 없었다. 그것들을 모조리 쓰레기통에다 버렸다. 뒷문을 기웃거리던 은제가 나와 눈이 마주치자 교실로 들어왔다.

"뭔 일이야?"

그제야 은제가 기댄 사물함이 눈에 들어왔다. 정세나 26번. 맨 아래 칸 사물함에 번호 자물쇠가 걸려 있었다. 이곳은 아무도 건드리지 않은 듯했다. 쪼그려 앉아서 자물쇠 번호를 맞췄다. 생일이나 중요한 날 같은, 세나에게 의미 있는 숫자를 나는 알지 못했다. 아무 번호나 되는 대로 돌려 보는 수밖에 없었다. 다리가 저려서 바닥에 털썩 주저앉았다가 그것마저 불편해서 고대로 드러누웠다. 사물함 앞에 모로 누워서 번호를 돌렸다. 구시렁대며 지켜보던 은제가 내 머리에 가방을 받쳐 주었다.

세 자리 숫자를 알아내는 건 쉬운 일이 아니었다. 한 번에 한 칸씩, 번호를 돌리고 자물쇠를 당겼다. 툭 걸리는 소리가 날 때마다 짜증이 쌓여 갔다. 오지 않는 세나에게, 좀처럼 열리지 않는 자물쇠에게 욕을 퍼붓고 싶었다. 실패를 거듭하는 사이 창문 그림자가 길어졌다. 제발 뭐라도 떠올려 보라고, 손아진!
　누워서 씩씩대는 나를 밀어내고 은제가 자물쇠를 잡았다. 나는 책상에 엎드려 퍼져 버렸다. 은제라고 별수 없었다. 번호를 돌리고 자물쇠 당기기를 반복했다. 가물가물 눈꺼풀이 내려가는데 내 손에 자물쇠가 쥐어졌다. 비밀번호는 738이었다. 387, 873, 783, 이리저리 숫자 조합을 바꿔 봐도 날짜는 아니었다. 그러니 생일은 아닌 것이다.
　사물함에서 네 컷 사진을 챙겼다. 세나에게 의미 있는 것은 그것뿐인 것 같았다. 내가 갖고 싶은 것 또한 그것밖에 없었다.
　은제가 조심스레 물었다.
　"아진아, 저번부터 궁금했는데 너 정세나랑 친해? 음……, 아, 그랬구나. 몰랐어."
　은제는 상대의 대답이 늦어지면 제가 답을 하고야 만다. 버릇이었다.
　"세나랑 한 반이 된 건 이번이 처음이잖아. 어떻게 친해졌어?"
　"친한 거 아니야."
　"그럼 왜 그러는데? 뭔 일인데?"

은제는 궁금한 게 많은 표정으로 나를 힐끔거렸다.

나는 주머니에 든 세나 사진에 온통 신경이 가 있었다. 사진에는 세나와 곰 인형, 세나와 새싹 머리띠, 조명을 보며 찡그리는 세나…… 세나 혼자였다.

그해 여름, 교실은 자리 하나가 빈 채로 장마를 보내고 방학을 맞았다.

7.

적응하면 그만

　버스에서 내려 걷는데, 절절 끓는 아스팔트에 빗방울이 후드득 떨어졌다. 대비할 틈도 없이 비가 퍼부었다. 나는 대형 마트 입구를 향해 뛰었다. 바람이 불어서 비가 안으로 들이쳤다. 사람들이 건물 벽에 바짝 붙었다. 약속 장소까지는 한 블록을 더 가야 했다. 은제도 조금 늦을 거라고 연락을 해 왔다.
　빗소리가 주위 소리를 삼켰다. 초록불이 깜빡이는 아슬아슬한 상황에 맞은편 횡단보도로 자전거가 들어섰다. 세찬 비에도 속력을 내어 길을 건너더니 잽싸게 마트 옆 골목으로 꺾어 들어갔다. 뭔가 익숙한 실루엣이었다.
　그때 누군가 톡톡 내 등을 건드렸다. 초록 체크무늬 셔츠, 너였다. 늦게 비를 피했는지 너는 꽤 젖어 있었다.
　"쟤 뭐야? 조금 위험한 것 같지 않아?"
　네가 머리의 물기를 털며 무심히 하는 말에 나는 화들짝 놀랐다. 자전거를 타고 지나간 아이는 동우였다. 위험하게 구는 동우에게, 그런 동우를 놓쳐 버린 것에 화가 났다. 앞도 잘 보이지 않는 폭우 속을 자전거로 질주하는 것이 얼마나 위험한 짓인지 동우는 모른다.
"저러다 또 다치려고!"
동우는 발목을 삐어서 깁스를 한 적도 있고, 손가락을 베어서 다섯 바늘이나 꿰매기도 했다. 다리에 컵라면을 쏟아서 야간 응급실에 간 적도 있었다. 오늘 일은 그냥 넘어갈 수 없다. 어른들에게 슬쩍 흘리는 수밖에.
"왜? 고자질하려고?"
너는 내 속을 들여다본 듯이 말했다.
"고자질은 무슨? 내 말이 먹히지 않으니까 어른들 힘을 빌리는 거지. 쟨 정서 불안에다 애정 결핍이야. 무슨 일을 저지를지 모른다고."
"그건 너도 마찬가지 아니야?"
"경우가 다르지. 난 요즘 생각이 좀 많은 것뿐이야."
밤낮없이 2.5층에 앉아 있는 걸 보고 너는 나를 넘겨짚었다.
"그런데 쟤는 어딜 가는 거야?"
"수영장. 다행이지, 뭐. 쫄딱 젖어도 가서 씻으면 되니까."
"음……, 올 때는 어쩌고? 젖은 옷을 다시 입어야 하잖아."
거기까지는 생각하지 못했다. 해가 쨍쨍한 낮에 혼자만 척척한 옷을 입고 집으로 가는 동우를 상상했다. 언제나 그렇지만 동우를 생각하면 답이 없다. 가엾고 안쓰러워서 화가 날 지경이다.

비가 점점 잦아들었다. 조금만 더 기다리면 될 텐데, 너는 뭐가 급한지 인사를 하고 거리로 뛰어나갔다.

구름이 걷히고 해가 나자 더운 습기가 대기에 가득 찼다. 앞머리는 시간을 들여서 만진 보람도 없이 축 처져 버렸다. 은제는 땀으로 얼룩진 얼굴을 휴지로 닦느라 내가 온 것도 알아채지 못했다.

"날씨 끝내준다."

"비 오다가 해가 뜨니까 더 더워."

"야, 만나자마자 날씨 이야기하는 거, 나이 든 어른 같다."

우리는 깔깔대며 망고 빙수를 먹었다. 머리가 찡하게 아플 때까지.

은제는 학원 방학에 맞춰 짧은 가족여행을 다녀올 예정이었다. 싫은데 가야 한다고 했다.

"놀러만 가면 싸워. 엄마, 아빠가 싸우다가 오빠, 언니가 또 싸워. 다음 날은 엄마, 언니가 싸우고. 무슨 토너먼트 게임 같다니까. 작년에 집으로 올 때만 해도 누구 땜에 여행을 망쳤다면서 다시는 안 간다고 했거든. 근데 또 날을 잡고 계획을 세워. 이해가 안 돼. 너희도 그래?"

"휴가는 안 가고. 별로 안 싸워."

"너희는 사이 좋아? 부모님도 안 싸우셔?"

"응, 뭐."
"어떠신데?"
"그냥."

솔직하게 대답할 수 없었다. 의도치 않게 은제의 기대를 싹둑 잘라 버린 듯했다. 뭐라도 말해야 할 것 같아서 조금 전에 빗속을 달리던 동생을 봤다고 했다.

"동우는 괴물 같아."

동생이라는 생명체가 마냥 귀엽게 여겨지는 시기는 지났다. 은제는 막내라서 그런지 내 말에 호응하면서도 추임새가 시원찮았다.

"동생은 너랑 완전 다른가 보다. 넌 누굴 닮았어?"

나는 녹아서 물이 된 빙수를 숟가락으로 휘휘 저었다. 비가 와도 뽀송하던 마음에 습기가 슬그머니 내려앉았다. 누굴, 부모 중 한 명을 꼭 닮아야 하나? 은제는 나와 동생이 부모님 한 분씩만 골라서 닮았다는 답을 예상하는 것 같았다.

"내가 보기에 넌, 외모는 아줌마 닮은 것 같아. 아, 참! 참!"

은제가 조급하게 테이블을 두드렸다. 저번부터 물어보고 싶은 게 이제야 기억났다고 했다.

"넌 왜 엄마를 이름으로 불러? 소품숍 한다고 하셨잖아. 사람들 앞에서는 거리를 둬라, 뭐 그런 규칙 같은 게 있어? 그러라고 하셔?"

은제를 물끄러미 보았다.

"우리를 언제 봤는데?"

"졸업식! 네가 엄마를 현주 씨라고 하더라. 그 말을 듣고 놀랐는데, 좀 신선했어. 그래서 나도 엄마한테 정미 씨, 하고 불렀거든. 처음엔 받아 주더니 며칠 지나니까 까불지 말라고 하는 거 있지. 아줌마는 안 그러지? 음……, 그런 거 잘 통해서 좋겠다."

은제는 또 제가 답을 해 버렸다.

우리 집 어른 남매는 많이 닮았다. 나는 엄마처럼 얼굴이 갸름하지 않은 게 늘 불만이었는데, 이 순간만큼은 아빠를 닮은 걸 다행으로 여기게 되었다.

6학년 겨울이었다. 아빠가 할 말이 있다고 했다. 엄마 일이 있고 난 후부터 아빠가 '할 말'이 있다고 하면 긴장부터 됐다. 좋은 얘기일 리 없었다.

"중학교에 가면 고모하고 같이 살아야 할 것 같아. 어때? 괜찮겠어?"

그동안 고모와는 연락 없이 지냈다. 지난해 엄마 장례를 치르는 며칠 동안 얼굴을 본 게 마지막이었다.

"왜 그래야 하는데?"

법률 회사에 다니는 아빠는 좋은 조건으로 스카우트 제의를 받았다. 그 회사가 집과 멀어서 출퇴근이 불가능했다.

"생각해 보니까 앞으로 이런 일이 또 있을지 모르잖아. 그럴 때마다 아빠를 따라서 너희를 전학시키는 건 좋은 일이 아닌 것 같아. 그리고 할아버지 집 문제도 해결해야 해서, 고모하고 얘기해 보고 결정한 거니까 너희가 좀 이해해 줘."

어른들이 집 문제를 우리와 의논하는 것은 바라지도 않는다. 미리 말해 주는 배려 따윈 생략하고, 결정한 후 이해를 구하는 게 아빠에게는 최선인가 보다. 고모와 살기 싫다고 하면 우리에게 다른 선택지가 있는 걸까? 어차피 이해를 할지 말지 고민할 것도 없었다. 어른들이 결정하면 따라야 했다. 나도 모르게 고개를 끄떡였는지, 아빠가 내 머리를 쓰다듬으며 고맙다고 했다.

"고모, 아기 있어?"

"아, 넌 모르겠구나. 고모 이혼한 지 좀 됐어. 아기는 없고."

고모가 이혼한 걸 좋아하면 안 되지만 어쩔 수 없이 마음이 놓였다. 낯선 사람에다 더 낯선 사람이 더해지지 않아서 걱정을 조금 덜었다. 주말마다 집에 다녀갈 거라는 아빠 말에 한결 안심이 되었다.

초등학교 졸업식을 하고 얼마 지나지 않아 이사를 했다. 폭설이라고 해도 될 만큼 눈이 많이 내린 다음 날이었지만 예정대로 짐을 옮겼다. 엄마가 떠나고, 할머니가 떠나고, 마침내 우리도 집을 떠났다. 할아버지가 남긴 상가 주택에는 고모가 먼저 이사를 와 있었다. 상가는 소품숍 인테리어 공사가 한창이었다. 그날 저녁에 아빠와 고모가 식탁에 마주 앉아서 투닥거렸다.
 "나한테 너무 많은 걸 바라지 마. 나, 애 안 좋아하는 거 알지? 그냥 같은 집에서 사는 것 정도만 해 줄 수 있어."
 고모는 나와 동우가 티브이 앞에 있는데도 그렇게 말했다. 우리를 돌봐야 하는 게 언짢은 것이다. 아빠는 말 좀 가려서 하라고 했고, 고모는 솔직하게 이야기해야 뒤탈이 없다며 물러서지 않았다. 눈치를 보던 동우는 방으로 들어갔다. 나는 티브이에 시선을 두고 둘의 신경전을 염탐했다. 내 앞날을 위해서 뭐가 어떻게 돌아가는지 알아야 했다.
 "나 하나도 어쩌지 못하는데, 내가 누굴 책임져?"
 "같이 결정해 놓고 이제 와서 왜 이래? 뭐가 불만이야? 나더러 어떻게 해 달라는 건데?"
 "내가 뭘 해 달랬어? 그냥 그렇다는 거잖아! 막막하다고. 말도 못 해?"
 나도 모르게 피식 웃음이 났다.
 "이게 웃을 일이니?"
 고모가 나무라듯이 물었다. 불똥이 튀어도 웃음을 감출 수 없었다. 어른 남매의 대화 수준이 우리 남매와 비슷했다.
 그때만 해도 고모에게 구박을 받고 살 줄 알았다. 하지만 고모는 우리 남매에게 다정하지도 매정하지도 않았다. 온수도 냉수도 아닌, 정수 같은 느낌이었다. 크게 불만은 없었다. 적응하면 그만이었다.

중학교 배정을 받자마자 혼자 교복을 사러 갔다. 매장은 학생과 학부모들로 북적였다. 이리저리 떠밀리다 가까스로 점원을 만났다. 어느 학교냐고 물어서 알려 주었는데, 그러고도 한참을 더 기다렸다. 결국 행거에서 교복 재킷을 꺼내 거울 앞에서 몸에 대보았다. 그제야 점원이 다가와 사이즈를 찾아 주겠다고 했다. 점원은 바꾸러 오지 않으려면 한 치수 큰 것으로 사라고 했지만, 어벙하게 손등을 덮는 재킷이 마음에 들지 않았다. 망설이고 있으니 재촉했다.

"엄마하고 통화해 봐요."

점원이 눈빛으로 나를 압박했다.

'얘, 바쁜 거 안 보이니? 전화를 하든지, 주는 대로 가져가든지 빨리 결정해.'

고모에게 전화를 걸자 점원이 휴대폰을 달라고 하더니 재킷 사이즈를 설명했다. 공손하게 통화하고는 휴대폰을 돌려주며 말했다.

"엄마가 다시 바꿔 달라고 하네요."

"엄마…… 아니에요."

왜 그런 말이 나왔는지 모르겠다. 내 의견은 무시하고 어른만 찾는 점원의 태도 때문이었을까? 얼떨결에 마음속 진심이 튀어나와 버렸다.

점원은 알 듯 모를 듯 애매한 표정으로 물었다.

"그래요? 옷 수선하는 걸 아시는 것 같은데, 누구예요?"

"손현주 씨요."

나는 고모가 휴대폰 너머로 대화를 다 듣고 있다는 걸 알면서도 그렇게 대답했다. 잠자코 있던 고모가 매장 점원에게 말해 뒀으니 내가 원하는 것으로 사라고 했다. 그리고 끊기 전에 넌지시 물었다.

"아진아, 고모라고 부르는 게 싫어? 아님, 고모랑 사는 게 싫어?"

"……둘 다, 창피해."

집으로 가는데 메시지가 왔다.

— 손현주 씨…… 나쁘지 않아.

그건 생각지도 않게 나온 말이었다. 이왕 이렇게 된 거, 하는 심보로 그때부터 고모를 현주 씨라고 불렀다. 아빠에게 야단을 맞아도 꿋꿋이 버텼다. 대신 사람들 앞에서는 이름조차 부르지 않으려고 노력했다. 호칭이 없어도 말을 주고받는 데 아무런 불편이 없었다. 무엇보다 고모와 함께 사람들 앞에 설 일이 거의 없었다. 보호자가 필요한 학교 일은 웬만하면 아빠가 처리했다. 그건 고모와 살게 되면서 내가 아빠에게 부탁한 것이었다. 처음에 아빠는 바빠서 학교 일에 신경을 못 쓸 수도 있다고 했다.

"우리가 부모 없이 사는 아이라고 소문나면 좋겠어? 동우가 놀림받으면 어떡할 거냐고!"

아빠는 자기 말에 토를 달지 않던 내가 날선 반응을 보이자 깜짝 놀랐다. 동우를 핑계 삼은 건 비겁했지만 틀린 말은 아니었다. 동우에게 가장 필요한 건 엄마 몫까지 할 수 있는 아빠였다.

이사 온 동네에서 나에게 엄마가 없다는 걸 아는 친구는 없다. 고모와 사는 것도 모른다. 은제에게조차 말하지 못했다. 그런데 동우는 나보다 더했다. 내가 중학교에 입학하던 날, 동우는 초등학교 2학년 전학생이 되었다. 저녁을 먹는데 동우가 현주 씨를 난데없이 '엄마'라고 불렀다.

현주 씨의 젓가락이 허공에서 멈추었다. 처음엔 동우가 말을 잘못한 줄 알았는데 아니었다.

"이제 엄마라고 할 거야. 어쩌다 보니 그렇게 됐어."

동우는 아빠 흉내를 냈다. '어쩌다 보니 그렇게 됐어.'는 아빠가 입버릇처럼 자주 쓰는 말이었다.

"뭐가 그렇게 됐는데?"

나는 동우를 무섭게 노려보았다.

동우는 학교에서 '나를 소개합니다' 시간에 아빠는 회사에 다니고 엄마는 가게를 한다고 해 버렸다. 같은 반 아이 때문이라고 했다.

"걔가 '너, 금성각 옆에 살지?' 이러면서 자기 엄마랑 여기 왔었대. 나 봤대."

나는 입술을 깨물었다. 폭발하기 직전이었다.

"진짜야. 걔가 '우리 엄마가 스카프 샀는데, 너희 엄마가 스마일 그려진 양말 서비스로 줬어. 나 신으라고.' 이랬단 말이야."

그래서 어쩔 수 없이 이제부터 현주 씨를 엄마라고 불러야 한다고 우겼다.

"뭔 미친 소리야?"

"누나도 맘대로 부르잖아. 왜 나는 안 되는데?"

싸움은 거기까지였다. 우리는 각자 생각에 빠져서 우적우적 밥을 씹기만 했다.

그때까지 아무 말도 않던 현주 씨가 식탁을 치우고 나서 말했다.

"엄마라고 불러도 괜찮아."

동우도 황당했지만, 그걸 허락한 현주 씨도 기가 막혔다. 하지만 현주 씨에게는 복잡하고 어려운 일을 대수롭지 않게 만드는 능력이 있었다. 우리와 함께 사는 걸 결정했을 때도, 내가 현주 씨라고 부르는 걸 허락했을 때도, 동우에게 엄마라고 부르라고 할 때도 어찌 보면 한결같았다.

뭔가 골똘히 생각하던 동우가 기어이 내 인내심에 불을 질렀다.

"그럼 지금 엄마는 나를 몇 살에 낳은 거야? 이런 건 계산이 딱딱 맞아야 하거든."

나는 동우 팔을 잡아끌어서 방 안으로 밀어 넣었다. 당장 입을 다물게 할 방법은 이것밖에 없었다.

동우에게는 앙큼한 구석이 있었다. 학교에서의 일이 사실인지 알 수 없었지만, 손님과 스카프와 스마일 양말까지, 치밀하게 이야기를 지어 냈을 것 같진 않았다. 그 양말은 손님들에게 주는 제뉴 개업 선물이었다. 어쩌면 동우도 고모와 함께 사는 걸 아무에게도 들키고 싶지 않았던 걸지도 모른다. 내가 엄마의 부재를 부정하고 싶어 하는 것처럼…….

그때부터 동우는 엄마라는 호칭을 입에 달고 살았다. 그동안 부르지 못하고 쌓아 둔 것을 맘껏 쓰려는 듯 말 한마디에 엄마를 서너 번씩 붙였다. 한동안 현주 씨는 엄마라고 불릴 때마다 옆구리를 찔린 듯 움찔움찔 놀랐다. 아이를 낳아 본 적 없는, 심지어 아이를 좋아하지도 않는 현주 씨는 그렇게 동우 엄마가 되었다. 물론 호칭만 바뀌었을 뿐, 우리를 대하는 태도는 여전했다.

동우는 거기서 그치지 않았다. 터무니없는 데다 수시로 엄마를 가져다 붙였다.

"엄마, 계란찜에 당근 빼 주면 안 돼? 진짜 엄마는 치즈 올려 줬는데."

"진짜 엄마랑도 여기에 와 봤어. 그때 신발 샀을걸."

"진짜 엄마는 고양이 키워도 된다고 했는데."

동우가 그러는 이유를 도무지 알 수 없었다. '진짜 엄마'에 대한 동우의 기억은 '진짜'가 아니었다. 엄마는 계란찜에 치즈를 올려 준 적이 없다. 예전 집에서 먼 여기까지 와서 신발을 샀을 리도 없었다. 그리고 털 알레르기가 있어서 동물이 있는 이웃집에 가는 것도 꺼렸다. 거짓말 좀 그만하라고 했더니 동우 반응이 가관이었다.

"음, 음, 음, 누나한테는 아니었나? 나한테는 그랬는데!"

엄마에 관한 건 당시 일곱 살이었던 동우보다 열두 살이었던 내 기억이 더 정확하다. 우리가 엄마와 살았던 게 그때까지였다.

이제 열두 살이 된 동우는 더 이상 예전처럼 '진짜 엄마'를 입에 올리지 않았다. 뒤늦게 제 기억이 틀렸다는 걸 알아 버렸거나, '진짜 엄마'와 함께한 소중한 기억은 혼자만 가지고 있기로 한 것 같았다. 그럴 나이가 된 것이다.

햇수로 4년을 함께 지내면서 현주 씨도 조금 달라졌다. 정수같이 미지근하던 마음의 온도가 훅 올라가거나 내려갈 때가 있었다. 비 오는 밤에 나를 데리러 학원에 오고, 놀러 나가는 동우 얼굴에 선크림을 발라 주었다. 동우는 그게 좋은지 자꾸만 선크림을 가져와서 현주 씨 앞에 섰다. 함께 살던 첫해에는 동우에게 콧물은 직접 닦는 거라고 했던 현주 씨였다. 또 가끔은 동우에게 불같이 화를 내서 집 안 공기를 얼어붙게 했다. 현주 씨도 우리처럼 어쩌다 보니 이렇게 된 것이다. 이 가족은 지금도 서로에게, 그리고 각자의 상황에 적응하는 중이었다.

8.

날짜뿐인 일기장

  금요일 저녁에 아빠가 왔다. 다음 날, 아침을 먹고 있는데 제뉴 문을 두드리는 소리가 났다. 금성각 할머니였다. 상가 주택에 살면서 도무지 적응되지 않는 게 오늘처럼 옆집 사람이 불쑥 찾아오는 것이다. 아파트에서 살 때는 경험하지 못한 일이었다. 특히 옆집 할머니가 그랬다. 아무런 볼일 없이 와서 이런저런 이야기를 하다가 돌아가곤 했다.
  오늘도 할머니는 잔뜩 멋을 냈다. 푸른 리넨 블라우스를 입고, 말아 올린 머리에 청록색 꽃핀을 꽂아 깔 맞춤을 했다. 꾸밈의 정점은 붉지도 않은데 화려해 보이는 립스틱 색깔이었다. 자신에게 어울리는 색을 아는, 그리고 마케팅에 관해 뭘 좀 아는 분이었다. 밤낮 티셔츠에 반바지 차림인 둘째 아들과 아침마다 투닥거리는 이유가 있었다.
  "아진 아빠, 나 이것 좀 봐 줘."

할머니가 식탁 위에 서류를 펼치며 방학 동안만 아르바이트생을 더 쓸 거라고 했다. 아빠가 법률 회사에 다니는 걸 알고부터 한 번씩 서류를 가지고 왔다. 아빠가 잘 모른다고 거절을 해도 매번 이런 부탁을 했다.

"당장 오늘 한 사람 더 써야 하거든. 단체 예약이 있어서 바빠."

할머니는 바뀐 고용 조건이 계약서 항목에 맞게 들어갔는지 알고 싶어 했다. 계속 바뀌는 법 때문에 골치가 아프다고도 했다. 자칫하다가는 고발을 당한다며, 사람이 무섭다고 푸념을 늘어놓았다.

아빠는 서류를 보지도 않고 되밀었다.

"다른 건 모르겠고요, 배달을 해야 하면 면허증 사본이 필요하겠지요."

"그거야 알지. 이 사람은 안에서만 일할 거야."

할머니는 마뜩잖아하며 서류를 챙겨서 돌아갔다.

동우가 밥을 마시듯이 먹더니 자리를 박차고 일어나 워터파크에 갈 준비를 했다. 작년에는 억지로 따라갔다. 물을 좋아하지 않아서 종일 비치 의자에 누워 휴대폰만 봤다. 동우는 현관을 나갈 때까지 같이 가자고 졸랐지만, 이번에는 넘어가지 않았다.

조금 더 빈둥거리다가 2.5층으로 갔다. 창문을 열자마자 늘 그렇듯이 음식 냄새가 풍겨 왔다.

너는 감자 상자 위에 무릎을 세우고 앉아 있었다. 찌걱, 창이 열리며 소리를 냈으니 내가 온 줄 알 것이다. 할머니가 바쁘다고 했는데, 너는 움직일 생각이 없어 보였다.

창틀에다 쿠션과 일기장을 올리고 그 위에 턱을 댔다. 이 자세로 있다가 일어나면 뒷목과 어깨가 마비된 듯 한동안 움직여지지 않았다. 그래도 잠깐이나마 머리를 내려놓을 수밖에 없다. 아침을 먹고 난 이 시간이 가장 몽롱하다. 잠도 오지 않으면서 말이다.

일기장을 훌훌 넘겼다. 빈 줄 없이 양면에 빼곡히 들어찬 날짜들을 보면 마음이 서서히 차오르곤 한다. 어느 하루도 비껴가지 않고 온전히 살아 냈다. 하루에 한 줄씩을 차지한 여덟 개 숫자가 그걸 증명해 준다. 어제 날짜 아래에 오늘 날짜를 적었다. 사계절을 지내고 다시 여름을 맞았다. 이대로라면 졸업할 때까지 이 한 권으로 충분하겠다. 마지막 장에 이르면 어떤 계절이 와 있을까?

너도 골똘한 생각에 잠긴 듯했다. 나는 창틀을 톡, 기다렸다가 다시 톡, 두드리기를 반복했다. 37번째 신호에서야 네가 반응했다.

"아까 너 봤어, 자전거 잘 타더라."

"아! 그치? 맞지? 너지!"

새벽, 학교길 근처에서 본 뒷모습이 짐작대로 너였다. 사람들은 초, 중, 고등학교가 몰려 있는 곳을 학교길이라고 불렀다.

오늘은 학교길을 지나서 언덕 너머에 있는 100년 가까이 된 초등학교까지 갔다가 왔다.

너를 본 건 집으로 돌아올 때였다. 초등학교에서 언덕으로 올라가면 갈림길이 나온다. 왼쪽은 학교길로 가는 내리막이었고 오른쪽은 다른 동네로 이어졌다. 언덕까지 자전거를 끌고 올라가 숨을 고르는데, 오른쪽 상가를 지나가는 너를 얼핏 보았다. 셔츠의 초록빛에 이끌려서 한참 동안 서 있었다.

"넌 자전거 잘 타?"

내가 묻자 너는 고개를 끄덕인 뒤 검지를 들어 허공에다 오르고 내리고 꺾어지고 휘도는 현란한 선을 그렸다. 그러고는 '봤지? 내 실력이 이정도야.'라는 듯한 표정을 지었다.

"에이, 설마."

저런 길을 자전거로 달렸다면 그건 곡예나 다름없었다.

"진짜야, 혼자서 익히면 평지도 이렇게 느껴져."

"혼자서? 처음엔 누가 뒤에서 잡아 주고 그래야 하는 거잖아."

"그건 그렇지만……, 생각보다 간단해."

우선 계단 같은 턱에 올라서 자전거에 앉는다, 출발한다, 넘어진다, 그걸 반복한다, 팔이 부러질 정도로 넘어지고 나면 자전거를 탈 수 있게 된다고 했다.

"정말? 그렇게 터득했다고?"

나는 두발자전거를 중학교 때 배웠다. 어릴 적에 배웠다면 겁을 덜 냈을지도 모르겠다. 자전거를 배울 때 가장 필요한 건 무조건 앞으로 가는 용기였다. 겁쟁이에게는 가장 어려운 일이었다.

갑자기 네가 손을 털고는 얼굴을 문지르더니 셔츠 자락으로 눈을 꾹꾹 눌렀다. 그러다가 끝내 무릎에 얼굴을 묻었다.

내가 실수를 했나? 달래야 하나, 기다려야 하나, 아니면 그만 사라져 주는 게 맞나. 당황스러움을 감추고 타이밍을 놓치기 전에 말을 붙였다.

"많이 매워? 나도 양파 까다가 운 적 있어."

"양파는 무슨, 오늘은 손도 안 댔는데."

네가 코를 훌쩍였다. 나도 안다. 네 눈물이 양파 때문이 아니란 걸.

너는 이야기를 조금 더 해 주었다.

"초등학교 2학년 때 학교에서 돌아오면 집에 있기는 싫고, 아이들이 많은 놀이터에도 가기 싫었어. 그러다가 탈 줄도 모르는 자전거를 몰래 끌고 나왔지. 매일 넘어지다 보니 드디어 어느 날, 자전거로 동네 한 바퀴를 돌 수 있게 됐어. 신나서 타다가 그만 심하게 넘어졌지. 자전거가 고장 나고 팔이 떨어져 나갈 듯이 아팠어. 울면서 자전거를 집까지 끌고 갔어. 늦게 온 데다 자전거도 망가뜨려서 엄청 혼났어. 팔이 아프다는 말은 꺼내지도 못했고. 근데 아파서 잠을 잘 수가 있어야지. 끙끙거리고 있으니까 옆에서 자던 언니가 엄마를 불렀어. 한밤중에 엄마랑 택시를 타고 병원에 갔어. 그 후로는 자전거를 타지 못 했어. 팔이 다 낫고도 자전거에는 손도 못 댔거든."
"너, 대단하다."
솔직히 처음엔 독하다는 생각이 들었지만, 그래도 가까이 있었다면 "아팠겠다, 슬펐겠다." 하며 어깨를 토닥여 주고 싶었다.
너는 내 표정을 읽은 듯했다.
"괜찮아, 나쁜 기억을 덮을 만큼 자전거에 대한 좋은 기억도 있으니까."
희미한 너의 웃음에 마음이 놓였다.
"한번 배워 두면 평생 써먹는 게 있대. 뇌에서 인지하기 전에 몸이 반응하는. 자전거 타는 것도 몸이 기억하는 거래."
언젠가 수업 시간에 배웠다. 이런 걸 칭하는 근사한 용어가 있었던가? 머리를 풀었다가 다시 꽉 묶었다. 지식인 흉내를 내고 싶었는데 떠오르는 게 없었다.
그때 갑자기 주위가 어두워졌다. 뭔가 공기도 달라진 느낌이었다. 좁은 계단참을 두리번거릴 필요도 없이 열어 둔 옥상 문을 보았다.
"누나, 뭐 해?"
동우였다. 게다가 아빠와 현주 씨까지, 가림막이 되어 옥상 출입구를 막고 서 있었다. 워터 파크에 간 줄 알았는데 왜 여기에서 나타나는 걸까?
나는 엉거주춤 일어섰다.

"누나, 워터 파크 갈 거야?"
"안 간다니까!"
모두가 기척도 없이 옥상에 있었다. 감쪽같이 몰랐다.
"아님 말고. 난 또 우리 기다리는 줄 알았지."
계단을 내려오는 동우를 피해서 창 쪽으로 붙었다. 그 바람에 창틀에 놓여 있던 것들을 건드렸다. 놀란 마음을 감추려 입술을 꽉 물었다.
동우가 좁은 계단참에서 나를 밀치더니 창밖으로 머리를 내밀었다. 다음에는 아빠가, 또 현주 씨가 자리를 바꿔 가며 밖을 살폈다. 셋은 서로를 보다가, 나를 보다가, 아래를 두리번거렸다. 몸을 구겨 가며 왜들 이러는지 모르겠다. 그들을 피해 한 칸씩 오르다 보니 어느새 옥상 입구까지 밀려났다.
"누나, 여기서 뭐 하는데?"
"뭔 상관. 넌 왜 왔어?"
"아빠 따라왔는데? 왜 또 시비야?"
동우는 두툼한 난간을 손바닥으로 철썩철썩 치며 계단을 내려갔다. 아빠와 현주 씨가 공사 이야기를 했다.
"무슨 공사?"
아래에서 동우 대답이 올라왔다.
"옥상 공사한대."
2층 사무실 벽이 젖어서 알아보니 옥상 장독대 자리 쪽의 우수관이 새는 걸 발견했다는 것이다. 할아버지가 이 집에 살

앉을 때 시멘트로 단을 높여서 장독을 놓아두던 곳이었다. 공사는 서비스 센터 휴무일에 맞춰서 내일 하루에 끝낼 계획이었다.

현주 씨가 내려가다 말고 나를 돌아봤다.

"오늘이 가장 덥대. 이런 날 나가면 고생이지. 집이 최고야, 그치?"

"체, 제뉴는 시원하니까 그렇겠지."

말없이 나를 빤히 응시하는 현주 씨 시선에 기분이 상했다.

"왜? 뭐?"

"더워서 여기 이러고 있어?"

"여기도 더워."

"그래, 덥다. 거실에 에어컨 켜. 켜도 돼."

현주 씨가 혼자일 때는 에어컨을 켜면 안 된다는 규칙을 풀어 주었지만 별로 기쁘지 않았다.

"알아서 할게."

발소리가 멀어졌다. 누구라도 다시 올라오지 않을까 싶어 귀를 기울였다. 인기척이 없는 걸 확인한 후에야 창밖을 내려다봤다. 쿠션과 일기장이 금성각 마당에 방치된 잡동사니들 틈에 끼여 있었다. 볼펜은 어디로 갔는지 보이지 않았다. 저걸 어째야 하나. 고작 2.5층에서의 낙하였다. 빤히 보이는데도 어쩌지 못해 약이 올랐다.

너는 계단참의 소란 따위는 모르겠다는 듯, 조금 전 모습 그대로였다. 여기로 던져 주면 좋을 텐데 그럴 기분이 아닐 것이다. 그래도 부탁을 해 보았다.

"저기, 있잖아⋯⋯."

꼼짝도 하지 않는 너를 몇 번 더 불렀다. 한참을 지켜봐도 너는 굳어 버린 듯 움직이지 않았다. 결국 포기하고 계단 위에 드러누웠다. 계단 모서리들이 허리, 등, 목과 뒤통수를 차례로 압박했다. 이제 어떻게 할 거냐고.

그동안 창밖으로 떨어뜨린 게 일기장만이 아니었다. 프링글스는 열어 보지도 못하고 통째로, 화장지도 뭉치째로 떨어졌다. 화장지는 눈물 콧물을 닦느라 가져와서 창턱에다 놓고 베고 있다가 밖으로 밀려났다. 그것들은 고민할 것도 없이 깔끔하게 포기했다. 하지만 이번엔 일기장이었다. 날짜뿐인 일기장이지만 내가 지나온 날들의 증명이었다. 아무도 건드리지 않는다면 비와 바람과 햇빛에 퇴색되어 형태가 무너지는 걸 지켜봐도 괜찮을 것 같았다. 아무도 보지 않는다면 말이다.

그러다 퍼뜩 생각났다. 일기장에 끼여 있는 사진. 그건 세나 것이었고, 이젠 내 것이기도 했다.

"있잖아!"

다급히 불렀지만 아무도 없었다. 너는 또 기척도 없이 가 버렸다.

9.

늦게 온 마음

손바닥만 한 창으로 비쳐 드는 8월 볕이 대단했다. 창이 돋보기처럼 햇볕을 모아 나를 태우려 들었다. 일어나 자세를 고쳐 앉았다.

그때 금성각 창고 벽에서 뭔가 꼬물거리는 움직임을 발견했다. 둥근 몸통에 긴 꼬리를 가진 그것은, 쥐였다. 순식간에 몸을 숨겼지만 분명했다. 쥐는 뭔가에 열중한 듯이 채 감추지 못한 꼬리를 움직이며 존재감을 드러냈다.

나는 계단을 뛰어 내려갔다. 저 마당에서 꿈틀거리는 게 쥐한 마리뿐일 리 없었다. 금성각으로 가는 건 정말 싫지만 무언가가 일기장 위를 스멀거릴 걸 상상하니 더 이상 미룰 수 없었다. 게다가 갑자기 하늘이 어두워졌다. 먹구름이었다.

금성각은 휴게 시간이었다. 텅 빈 식당 안 조명이 모두 꺼져 있어서 더 조용하게 느껴졌다. 좁고 기다란 가로 창으로 들어오는 빛이 어두운 공간에 긴 줄을 그어 놓았다. 저녁 영업을 시작하면 조명이 켜지고 할머니처럼 과한 치장을 한 실내가 드러날 것이다.

문에 달린 종이 찰랑거리다가 멈추도록 아무도 나와 보지 않았다. 안으로 더 들어가야 할지 할머니를 불러야 할지 망설이는데, 안쪽 테이블 밑에서 둘째 아들이 굼뜨게 일어났다. 의자를 붙여 놓고 누워 있었나 보다.

둘째 아들이 나를 알아보고는 무슨 일이냐고 묻지도 않고 "엄마, 나와 봐! 엄마." 하며 소리쳤다. 나이를 먹을 만큼 먹은 남자가 연이어 불러 대는 엄마 소리는 정말이지 질색이었다. 2.5층에 있으면 시시때때로 이 소리가 들렸다.

할머니 대신 해미 언니가 2층에서 내려왔다. 둘째 아들이 아저씨이니 그의 아내는 아줌마라고 부르면 될 터였다. 하지만 웃을 때 한껏 앳된 얼굴이 되는 언니에게 그런 호칭은 어울리지 않는다. 해미 언니가 현주 씨에게 언니라고 하는 것처럼, 나도 그렇게 부르기로 했다.

사정을 설명한 후 언니를 따라서 뒷마당으로 갔다. 매일 내려다보는 곳에 실제로 와 본 건 처음이었다. 뒷마당에서 올려다본 우리 집과 2.5층 창은 무척이나 낯설었다. 칙칙한 빗물 자국이 벽을 따라 곰팡이처럼 나 있었고, 창의 위치도 생각보다 높았다. 무엇보다 마당에서 창문 안이 훤히 들여다보이는 것에 깜짝 놀랐다. 고개를 조금만 들어도 그곳에 있는 사람이 보였을 것이다. 떨어뜨린 물건을 찾으러 왔다는 것은 내가 그 자리에서 마당을 보고 있었다는 걸 실토하는 꼴이었다. 잡동사니 사이로 들어가 일기장을 줍는 해미 언니를 머쓱하게 기다렸다.

"나도 이런 거 좋아했는데, 한때 다이어리랑 볼펜 덕후였어."

언니는 일기장 표지를 손바닥으로 쓸며 이젠, 하고 얼버무렸다.

나는 언니가 일기장을 펼칠까 봐 손을 뻗어 얼른 가져왔다.

"이젠 안 좋아하세요?"

"아니, 지금도 좋아하지. 근데 둘 데가 없어."

넓은 집에 노트 한 권 둘 데가 없다는 게 무슨 말인가 싶다가 얼추 짐작이 갔다. 언니 집에도 마구잡이로 남의 물건을 들춰 보는 동우 같은, 제 행동에 매번 핑계를 대는 동생과는 차원이 다른 존재가 있는 것이다.

"쉬시는 데 죄송해요. 비가 오면 젖을까 봐요."

언니가 응응, 하며 먹구름이 덮인 하늘을 손가락으로 콕콕 찔렀다. 통 넓은 얇고 긴 소매가 미끄러지면서 언니의 가느다란 팔이 드러났다. 오른쪽 팔꿈치 안쪽이 푸르뎅뎅했다. 내 눈길을 알아챈 언니가 황급히 팔을 가렸다. 다른 쪽 손목이 불그스름한 것도 이미 봐 버린 후였다. 그러고 보니 언니는 아무렇게나 묶은 머리에 화장기 없는 얼굴이었다. 평소라면 언니도 할머니처럼 단장을 한 차림이었을 텐데, 오늘은 종일 방에만 있었나 보다.

언니는 허둥대며 나를 가게 밖으로 이끌었다. 둘째 아들은 의자에 비스듬히 기대앉아 휴대폰에 열중하면서도 자꾸만 곁눈질로 우리를 흘끔거리는 것 같았다.

인사를 꾸벅하고 제뉴로 들어가려는데 언니가 날 불렀다.

"아진아, 잠깐만 기다려 줄래?"

언니는 줄 게 있다며 급히 가게 안으로 들어갔다. 현주 씨에게 돌려줄 반찬 통이나 답례 같은 거겠거니 했다.

기다리는 동안 금성각 SNS 계정을 들여다봤다. 계정을 만들어 관리하는 건 언니였다. 주로 그날의 식당 상황과 음식 사진이 올라왔고, 신메뉴 출시나 단체 예약으로 붐빌 거라는 공지도 있었다. 어제의 게시 글은 2층으로 오르는 계단에서 찍은 것으로 보이는 항공 숏이었다. 빨갛고 노란 벽지를 배경으로 앉아 있는 손님의 머리를 향해 포인트 조명이 그럴싸하게 빛을 쏘고 있었다.

오늘도 여러분 덕분에 만석입니다. 내일도 신선한 재료를 준비해 두고 기다리겠습니다.

촬영 각도를 조금만 틀면 조명 덮개에 쌓인 먼지와 언니 팔에 든 멍이 카메라에 담겼을 것이다.

"이거, 아진이 거 맞지? 얼마 전에 주워 뒀어."

나는 황급히 뛰어가서 언니 손에 들린 걸 빼앗다시피 낚아챘다. 인사 따윈 생각할 틈도 없이 도망치듯 제 방으로 들어왔다. 피가 차갑게 식는 것 같았다. 왜 언니가 내 파일케이스를 갖고 있는 거지? 이것도 떨어뜨렸나 보다. 그렇다면 언제? 없어진 줄도 몰랐다. 혹시 언니가 안에 든 것을 보았을까? 답을 알 수 없는 질문들이 마음을 마구 휘저었다.

창밖으로 떨어뜨리고도 챙기지 못한 물건들이 더 있는지 헤아려 보는데, 언니의 팔이 자꾸만 떠올라서 머릿속이 복잡했다. 알고 나면 더 이상 모른 척할 수 없는 일들, 자꾸만 눈에 밟히는 세상일들이 파일 속에 있다. 해미 언니 일도 마찬가지였다. 옆집에서 들리던 불분명한 소음의 정체를 확실히 알게 되었다. 잃고도 잃은 줄 몰랐던 파일케이스와 해미 언니의 비밀을 곱씹다가 갑자기 무거운 기억 하나가 끌려 나왔다.

중학교 2학년 겨울 방학 때 모르는 번호로 전화가 왔다.
"손아진? 나 정세나."

나는 세나가 같은 중학교에 다니는 것만 알 뿐, 연락처는 몰랐다. 세나는 내 휴대폰 번호가 예전 그대로여서 다행이라고 하더니 엉뚱한 것을 물었다.
"아진아, 자전거 있어?"

갑작스럽게 연락을 해 놓고선 다짜고짜 자전거라니, 의아했지만 이유가 있을 거라고 생각했다.

"있긴 한데, 탈 줄은 몰라."

"난 자전거는 없는데 탈 줄은 알아."

집에 있는 자전거는 아빠가 어디선가 상으로 받은 것이었다. 박스를 뜯어 조립할 땐 모두 관심을 가졌지만 그때뿐이었다. 바퀴에 흙 한 톨 묻히지 않은 채 복도 끝에 방치되어 있었다.

"근데 자전거는 왜? 필요해?"

세나는 묻는 말에 대답은 않고 자전거 예찬을 늘어놓았다.

"나, 자전거 좋아해. 일단 내가 지상에서 발을 뗀 채로 움직이잖아. 그리고 풍경의 빠르기를 조절할 수 있어. 바람이 불 때도 좋은데, 비나 눈이 올 때 타면 더 좋아. 빗방울이나 눈송이가 나를 향해 돌진해 오는데 음, 뭐라고 해야 하나……. 온 마음을 다해서 나를 환영하는 느낌이랄까? 상상해 봐! 엄청 신나겠지?"

내가, 나를, 같은 말을 되풀이하는 걸 보면 자전거를 움직이는 게 자신이라는 것을 강조하고 싶은 것 같았다. 그러곤 혼잣말처럼 중얼거렸다.

"가고 싶은 대로 갈 수도 있고."

"자전거로 갈 만한 데가 있냐? 자동차면 몰라도."

난생처음 전화해서 뜬금없는 말만 하는 세나가 영 수상쩍었다. 내 반응이 갈수록 시큰둥해지자 세나 목소리에서도 힘이 툭 빠졌다.

"갈 데가 있긴 할 거야, 안 가 봐서 모르지만. 그렇다고 너한테 차가 있는지 물을 수는 없잖아."

나도 모르게 웃음이 났다.

"왜 웃는데?"

"네 말이 맞네. 차가 있다고 대답할 날은 너무 까마득하다."

휴대폰 너머로 풋, 작은 웃음이 들렸다. 세나는 심심하냐고 묻더니 대답도 듣지 않고 말했다.

"안 심심해도 내가 자전거 타는 거 가르쳐 줄게."

얼떨결에 그러자고, 세나의 제안을 승낙해 버렸다.

다음 날부터 우리는 매일 만났다. 내가 자전거를 끌고 나가면 세나는 공유 킥보드를 빌렸다. 우리는 오래된 초등학교로 향했다. 나는 킥보드를, 세나는 자전거를 탔다. 오르막에서는 번갈아 가며 자전거를 끌었다. 세나는 언덕을 다 오르면 자전거 브레이크를 잡지 않고 양쪽 다리를 번쩍 들어 올린 채로 내리막을 내달렸다. 애니메이션에서 보던 장면이 현실에서도 가능했다. 나는 공포와 흥분에 휩싸여서 꺅! 꺅! 비명을 질러 대며 킥보드를 타고 따라갔다. 세나가 멀어지는 속도를 보는 것만으로도 겁이 났다. 그럼에도 웃음을 참을 수 없었다. 한바탕 웃고 나면 시린 바람이 가슴 가득 들어찼고, 어느새 다시 채워진 웃음이 탄산 기포처럼 터져 나갔다.

다행히 운동장은 늘 비어 있었다. 방학이기도 하고 추워서 아무도 놀러 오지 않았다. 세나가 자전거에 오르는 방법과 중심 잡는 것을 가르쳐 주었다. 그런 다음 출발하는 자전거를 뒤에서 잡고 따라왔다. 찬바람에 손과 얼굴이 얼어도 몸에서는 땀이 났다. 사흘째가 되어서야 나는 넘어지지 않고 혼자서 운동장 한 바퀴를 돌 수 있었다. 세나는 나더러 둔하다고 했다.

그다음 날부터는 번갈아 가며 자전거를 탔다. 한 명이 운동장을 세 바퀴나 다섯 바퀴를 도는 동안 다른 한 명은 킥보드를 탔다. 킥보드를 탄 사람은 조회대와 미끄럼틀, 그리고 정글짐으로 가서 자전거를 탄 사람에게 손을 흔들었다. 그건 상대를 마중하거나 배웅하는 놀이였다. 놀이를 멈추면 땀이 식어서 무척 추웠다.

세나는 난이도를 높여서 자전거 뒤에 자신을 태워 보라고 했다. 뒷좌석이 없는 자전거는 타는 방법이 따로 있었다. 양쪽으로 조금씩 튀어나와 있는 뒷바퀴 축에 발을 딛고 앞사람 어깨를 잡고 서 있어야 했다. 세나를 태우는 건 여간 어려운 게 아니었다. 어찌어찌 출발해도 페달이 움직여지지 않아서 자전거와 사람이 함께 넘어졌다.

끙끙대는 나를 보다 못한 세나가 조심스레 물었다.

"손아진, 나 많이 무거워?"

"아니, 그게……. 야, 이게 왜 꿈쩍도 안 하지?"

"알았어. 오늘 저녁부터 굶을게. 당장 다이어트 시작한다."

"다이어트는 무슨? 그냥 봄이 되길 기다리자. 저절로 가벼워질 거야."

"왜?"

"우리 너무 많이 껴입었어. 봄이 되면 옷이 얇아지잖아."

날씨 예보에서 기온이 뚝 떨어진다고 호들갑을 떨어서 우리는 다른 날보다 더 껴입고 만났다. 양쪽 주머니에 핫팩도 하나씩 들어 있었다. 세나는 몸속 지방보다 당장 패딩 점퍼 속 솜을 빼는 게 빠르겠다며 낄낄거렸다.

운동장 개방 시간이 끝나 갈 즈음 학교를 빠져나왔다. 돌아갈 때는 다시 세나가 자전거를, 내가 킥보드를 탔다. 나는 아직 길거리에서 자전거를 탈 자신이 없었다.

그것도 연습을 해야 한다고 세나가 충고했다.

"운동장에서만 탈 거면 뭐 하러 배우냐? 사이클 선수 할 것도 아니면서."

또 웃음이 터졌다. 이상하게도 세나가 하는 말은 머릿속에서 곧바로 영상으로 떠올랐다.

세나는 돈을 모아서 자전거를 살 거라고 했다.

"고작 자전거?"

"그럼 비행기 살 때까지 돈만 벌어?"

우리는 팔꿈치로 서로를 밀치며 웃었다. 손에서 놓친 자전거가 힘없이 쓰러지는 게 우스워서 또 깔깔댔다. 사람들이 우리를 힐끗거렸다. 창피하다는 눈빛을 교환하면서도 빙글빙글 도는 웃음을 감출 수 없었다. 이런 세나가 초등학교 내내 왕따를 당한 이유를 모르겠다. 내가 본 세나는 재미있고 웃음 많은 아이였다.

자전거 놀이는 일주일 만에 끝이 났다. 둘이서 주택가 좁은 길을 지나던 어느 날이었다. 자전거를 타고 앞서가던 세나가 급히 브레이크를 잡는 바람에 내가 탄 킥보드가 자전거의 뒷바퀴를 들이받았다. 나는 킥보드 손잡이에 명치를 세게 부딪쳤다. 세나가 몸을 가누지 못하고 휘청이는 내 팔을 당기더니 다급하게 자전거 핸들을 넘겼다.

그 순간, 골목에서 방금 우리를 지나쳐 갔던 사람이 성큼성큼 다가와 다짜고짜 세나에게 화를 냈다. 어디에서 뭘 하다가 오느냐고 했다. 고함이 점점 더 거칠어졌다. 술 냄새가 풍겼다. 세나는 미동 없이 발끝만 내려다봤다. 피하지도 대항하지도 않는 세나를 보고 상황을 대충 짐작했다.

나는 조금씩 뒷걸음질을 쳐 거리를 벌린 뒤 자전거를 돌렸다. 소리를 내지 않으려고 잔뜩 움츠린 채로 그 자리를 벗어났다. 모퉁이를 돌기 전에 뒤를 돌아보았다. 세나는 저녁 어둠과 한 덩이가 되어 가고 있었다. 그때 세나 아빠가 나를 가리키며 무어라 소리쳤다. 왈칵 겁이 나서 자전거를 끌며 뛰었다. 골목 끝에 다다를수록 마음이 무거워졌다. 세나를 위해서 빨리 그 자리를 떠나 주는 게 나을 줄 알았는데, 혼자만 도망치는 꼴이 되었다. 하지만 미안한 마음은 거기까지였다. 나는 자전거에 훌쩍 올라타서 빠르게 그곳을 벗어났다. 거리에서 자전거를 타는 게 더 이상 무섭지 않았다.

세나와의 만남은 그것으로 끝이었다. 겨울 방학이 끝나도록 세나에게서 연락이 없었다. 3학년에 같은 반이 된 후에도 그날 일에 관해서는 서로 한마디도 하지 않았다. 지난겨울에 만난 적이 없었던 것처럼 말이다. 그래서 반 아이들은 우리가 아는 사이라는 것조차 몰랐다.

돌이켜 보면 그 겨울, 세나에게 필요한 것은 자전거가 아니었던 것 같다. 거리에는 공유 킥보드만큼이나 공유 자전거가 많았다. 그때는 이렇게 당연한 것을 생각하지 못했다. 세나는 제대로 대화해 본 적 없고 잘 알지도 못하는 나에게 먼저 전화를 했다. 그 전까지 혼자서 망설이고 내 반응을 가늠하며 주저했을 것이다. 이제야 그 마음이 보였다. 친구가 되어 줄 사람을 찾는 간절한 마음이.

어쩌면 해미 언니도 그날의 세나처럼 지금 누군가 필요한 게 아닐까? 마음을 알아줄 사람, 멍 자국을 들키고도 아무렇지 않게 다시 만날 수 있는 사람. 그런 사람이 있을까? 명절에도 집에만 있는 언니에게 누가 있기는 할까?

10.

거북 등에 붙은 따개비

파일케이스 안에 든 인쇄물을 훑어보았다. 모두 누군가의 죽음에 관한 기사들이었다. 그동안 비가 여러 번 왔는데도 멀쩡한 걸 보니, 내가 떨어뜨린 후 곧바로 언니가 구해 준 것 같았다.

세나 소식을 알고 한동안 뉴스 검색에 열중했다. 온갖 죽음에 관한 기사들이 무겁고 어두운 제목을 달고 매일같이 쏟아졌다. 모두 저마다의 삶을 사는 것처럼 죽음도 제각각 달랐다. 뉴스를 보다가 유독 마음이 쓰이는 것은 휴대폰 메모장에 링크를 저장했다. 그중에서도 세나를 떠올리게 하는 뉴스는 따로 폴더를 만들고 인쇄를 해서 파일케이스에 모았다.

끝내 세나에 관한 기사는 찾지 못했다. 세상의 모든 불행이 뉴스가 되는 것은 아니었다. 세나의 죽음이 기사화되지 않은 게 다행스러우면서도 슬펐다. 가엾게도 한 아이는 마지막까지 누구에게도 주목받지 못했다. 억울한 죽음이 널리 알려지는 건 또 다른 피해를 예방하는 효과가 있을 테지만, 한편으로는 한 사람의 생애와 그 끝이 함부로 파헤쳐지지 않을 권리도 있었다. 외로웠던 세나는 무엇을 원했을까. 그 마음을 알 길이 없어 괴로웠다.

얼마 전까지도 포털 사이트를 헤매며 집착하던 기사였는데, 그동안 잃어버린 줄도 모르고 지냈다. 한심해서 머리를 콩콩 쥐어박다가 문득, 답이 없는 문제에서 조금씩 헤어나는 중일지도 모른다는 생각이 들었다. 이렇게 세나에게서 멀어지려는 걸까? 스스로에게 몇 번이나 물어보았지만 그건 아니었다.

뜻하지 않은 일들이 연거푸 벌어져서인지 하루가 길게 느껴졌다. 어느덧 제뉴 앞을 지나는 차들이 헤드라이트를 켰다. 아빠와 동우가 돌아올 시간이 훌쩍 지났다. 현주 씨가 입간판을 제뉴 안으로 들여놓았다.

"차가 막히나 봐."

"전화는 왜 안 받아?"

"동우는 곯아떨어졌겠지. 오빠는 운전할 테고."

현주 씨는 다음 주부터 세일에 들어갈 것들을 품목별로 정리하는 중이었다. 티셔츠를 뒤적여 봤지만 이미 다 본 것들이었다.

"왜 늦지?"

"우리 아진이, 아기처럼 보채는 거야? 배고파?"

"안 고파."

현주 씨가 바닥을 닦으라고 대걸레를 건넸다.

배는 안 고픈데 다 같이 밥을 먹고 싶었다. 무슨 일이 일어났을까 봐 걱정이 되기 시작했다. 사람은 오지 않고 나쁜 소식이 닥치는 상상을 하다가 생각을 흩트리려고 손으로 머리를 훌훌 털었다. 그러는 바람에 놓친 대걸레가 현주 씨 뒤통수를 쳤다. 물론 고의는 아니었다.

외곽에 있는 초등학교를 다녀와서일까. 아니면 하루의 시작부터 습한 기억을 마주해서일까. 소나기를 여러 번 만난 듯 종일 마음이 축축하다. 이럴 때 생각나는 사람은 은제밖에 없었다.

— 거북이 장수의 상징이잖아.
— 거기에 오래오래 달라붙어 있는.

연달아 메시지를 보내고 본론에 들어가려는데 은제가 치고 들어왔다.

— 뭐지, 이 고백은?

재미난 것을 기대하는 듯한 은제의 물음에 입력하던 글자를 지우고 다시 썼다.

— 좀 하면 어떠냐. 고백!

— 오늘 고백 데이인가요?♡

하트까지 붙은 답을 보고 내 이야기는 그만두기로 했다. 은제에게 하고 싶었던 말은 얼마 전에 본 바다거북이 나오는 동영상에 관한 것이었다. 카메라가 수중에서 바다거북 한 마리를 따라가는, 음악이나 내레이션이 없는 조용하고 긴 영상이었다. 내 시선을 붙든 것은 따개비류가 잔뜩 붙은 거북의 등이었다. 그 모습이 징그러우면서도 차분히 나아가는 움직임에서 고요한 품격이 느껴졌다. 깊고 광활한 물속에서 오로지 혼자인 것도 신비로웠다. 앞으로만 가던 거북이 방향을 틀어 카메라를 응시했다. 마치 화면 밖에 내가 있다는 것을 아는 듯 눈빛이 진중했다.

'이거? 나도 알아, 내 것이 아닌 뭔가를 등에 지고 있다는 느낌. 알아도 떨쳐 낼 수 없어.'

한 장면이 길게 이어졌다. 나는 시선을 피하지 않았다. 결국 카메라가 먼저 거북에게서 천천히 멀어졌다.

거북은 따개비 한두 개가 붙었을 때는 알아채지 못했을 것이다. 점점 등이 무거워져서 그것들의 존재가 명확해졌을 때에도 평소처럼 사는 게 최선이라고 여겼으리라. 내 것이 아니지만 스스로 떨치지 못하는 것들. 한동안은 그것들이 왜 자신에게 붙었을까를 고심했을지도 모른다. 자신이 빈틈을 보였기 때문이라고 자책했을까? 나처럼.

엄마가 돌아가시고, 현주 씨와 살고, 세나가 발견되는 날들이 나에게 왔다가 갔다. 그 후유증들이 따개비처럼 남았다. 한숨 쉬는 습관, 불길한 상상, 그리고 불면증이 나를 짓눌렀지만 어쩌지 못하고 있었다.

마음을 꺼내 보이는 데 시간이 많이 필요한 사람이 있다. 그게 나다.

'넌 거북 등에 붙은 따개비 같은 거 있어?'

이렇게 이야기를 시작해서 은제에게 뭐라도 털어놓고 싶었다. 벼르던 것은 아니었다. 그저 오늘 마음이 움직였을 뿐이다. 아침부터 허술하던 빗장이 툭 풀렸는데 결국 아무것도 꺼내지 못했다. 발랄한 은제의 답을 받는 순간 문이 닫히고 빗장이 빠르게 걸렸다.

그래, 관두자. 종일 마음이 축축한 날이었으니 우정 고백도 나쁘지 않았다. 우리의 우정에 거북의 수명을 대입한 셈이 됐으니 이제 은제가 답할 차례였다.

— 너도 해 봐, 고백.

답을 기다리다가 화장실에 다녀왔다. 여전히 답이 없었다. 먼저 고백을 했으니 한 발 더 나가도 좋겠다.

― 울 은제, 만나고 싶어. 놀고 싶다! 너랑.

그 말에는 빛의 속도로 답이 왔다.

― ㅅㅇㅇㄴㄹㄴㄹㄹ-ㅁㅅㅇㅇㅁㅇㄴㄹㅁ

후덜덜 떨리는 이모티콘을 보고서야 해체된 자모음이 '소름'이라는 걸 이해했다.

― 같은 날, 같은 말 두 사람에게 듣는 거, 가능해?

은제는 또 다른 사람에게서도 만나서 놀고 싶다는 말을 들었다고 했다.

― 뭘 또 소름까지?
― 한 글자도 안 달라. 완전 똑같다니까.

메시지로는 성이 차지 않았는지 은제가 전화를 했다. 가족 여행에서 돌아오자마자 또 학원에서 달려야 한다며, 가능한 한 빨리 만나자고 졸랐다. 얼굴을 봐야 하는 간곡한 사연이 생긴 것이다. 은제는 학원 점심시간에 나와서 오후 수업 한 타임을 빠지겠다고 했다.

"휴가 갔다 왔는데, 괜찮아?"

"그 휴가가 내 휴가냐? 학원이 쉬니까 강제로 쉰 거지. 그리고 말했잖아. 우리 가족은 휴가 가면 싸운다고. 이번에도 비슷했어. 학원보다 휴가가 더 피곤해."

그때 방문이 흔들렸다. 매번 노크를 잊는 동우였다. 그럴 줄 알고 잠가 두었다.

"누나, 정말 안 먹을 거냐고 물어보래."

밤 9시가 훌쩍 지나서 아빠와 동우가 왔다. 아빠는 운전을 오래 해서 기다리던 나보다 더 짜증이 나 있었다. 휴가철이라 휴게소에서 주유를 할 때도 한참을 기다렸다고 했다.

밤 늦게 고기가 구워지는 중이었다. 안 먹겠다고 심통을 부렸지만 부르러 오길 기다렸다. 고기 냄새에 마음은 이미 식탁 앞에 가 있었다.

통화를 끝내고 주방으로 가 동우 옆에 앉았다. 동우는 쌈장에 고기를 찍어서 야무지게 씹으며 젓가락에 또 한 점을 빠르게 꽂았다. 흔들리는 이를 빼고 와서 "안 먹어, 안 먹어." 연발한 게 엊그제였다. 신나게 논 후 차에서 푹 잤으니 컨디션이 최상일 것이다.

나는 연거푸 다섯 번쯤 쌈을 싸 먹고 나서 고기가 구워지기를 기다렸다. 야식 같은 늦은 식사도 나쁘지 않았다. 종일 습하던 마음이 고소한 냄새를 풍기며 말라 가고 있었다.

"아진이가 아빠를 그렇게 기다리는 줄 몰랐어. 나, 놀랐다."

이럴 때 현주 씨는 진짜 얄미웠다. 마흔이 되어도 철이 덜 드는 어른이 있다더니, 내 앞에서 고기를 굽고 있을 줄이야.
"아빠 안 오냐고, 아기처럼. 난 동우 동생인 줄 알았잖아."
말하고 씹고 웃기까지 하느라 현주 씨 입이 분주했다.
고기를 마중 나가 있던 젓가락을 탁 내려놓았다.
"재밌어? 놀리니까 좋아?"
아빠가 나를 물끄러미 보며 한마디 했다.
"고모한테 왜 그래?"
"현주 씨는 나한테 왜 그러는데?"
"내가 틀린 말 했어? 너, 아빠 기다린 거 맞잖아."
현주 씨는 여전히 웃고 있었다. 아직 분위기 파악이 안 되는 모양이다.

일어나고 싶었지만 조금 참기로 했다. 이대로 가면 내가 함빡 뒤집어쓴다. 버릇이 없다, 키워 주는 고모는 부모와 다름이 없다 등등 잔소리를 듣고 싶지 않았다. 아빠는 현주 씨와 살면서부터 우리에게 예의를 강조했다. 그건 아빠가 집에 없을 때 현주 씨와 잘 지내길 바라는 예방 조치 같은 것이었다.

셋은 다 구워진 고기를 먹기 시작했다. 워터 파크에 사람이 많았다, 재밌었다, 더웠다, 조금 전에 했던 말들과 별반 다를 게 없었다. 그릴 판이 비워지기를 기다렸지만 그럴 틈도 없이 새 고기가 올라갔다. 내가 먹든지 말든지 아무도 신경 쓰지 않는 것 같았다.

그때 동우가 방 쪽을 돌아보았다.
"누나, 전화 오는 것 같은데."
빤한 거짓말이었다. 휴대폰은 내 바지 주머니에 있었다. 조금 전 동우는 내가 휴대폰을 주머니에 넣는 것도 보았다. 미심쩍은 표정으로 바라보자 동우가 천연덕스럽게 손짓까지 했다.
"휴대폰 울린다고."
고기를 자르던 아빠와 상추를 털던 현주 씨가 동작을 멈췄다. 둘은 들리지 않는 벨 소리에 귀를 기울이며 거실 너머로 눈을 돌렸다. 동우가 내 옆구리를 쿡 찔러서 주춤거리며 일어섰다. 방으로 오는데 뒷덜미가 찌릿찌릿했다. 녀석이 보통이 아니었다. 나를 식탁에서 탈출시킨 것이다.
이게 뭐지? 침대에 털썩 주저앉았다. 그 자리를 벗어나서 후련해야 하는데 기분이 묘했다. 이제 심장까지 축축해지려고 했다. 동우는 언제부터 보통이 아니게 되었을까. 저 속에 뭐가 들어 있을까. 엄마를 생각하지 않으려 했지만 동우 생각에 골몰하면 엄마가 저절로 따라왔다.
동우가 일곱 살에, 그러니까 내가 열두 살이었을 때 엄마가 교통사고로 많이 다쳤다. 엄마는 넉 달쯤 병원에 있었다. 중환자실에 있어서 한동안 엄마를 보러 가지 못했다. 아빠는 엄마가 조금 더 기운을 차릴 때까지 기다리자고 우리를 달랬다.
그 후 엄마를 보러 병원에 두 번 갔다. 처음 병원에 간 날, 엄마는 자고 있었다. 약 때문이었다. 진통제를 투여하지 않으면 많이 아파해서 어쩔 수 없다고 했다. 그날 동우는 엄마 품으로 달려들다가 아빠에게 잡혀서 발버둥을 쳤다. 동우가 너무 울어 대서 병실에 오래 있을 수 없었다. 나는 머리와 팔다리에 붕대를 감은 엄마의 모습이 낯설고 무서웠다. 그 사람이 엄마라는 게 믿기지 않았다.

또 다른 날은 엄마 앞에서 동우와 함께 비죽비죽 울었다. 붕대를 푼 엄마 얼굴이 형편없었다. 다시 병원에 가기 전에 엄마가 돌아가셨다. 평소에도 집에 자주 오던 외할머니는 엄마가 입원을 한 후부터 우리와 같이 지냈다. 그러다 동우가 학교에 들어간 뒤로는 더 이상 오지 못하게 되었다. 할머니의 건강이 좋지 않았다.

이사 오기 전까지 동우는 아빠나 할머니, 가끔은 나와 같이 잤다. 초등학교에 입학할 때 직접 고른 침대도 사 주었지만, 밤이 되면 어김없이 다른 방을 기웃거렸다. 여전히 내 방을, 아니 나를 너무도 좋아하지만 다행히 자기 방도 무척 마음에 들어 했다. 한 번씩 침대와 책상 위치를 바꾸고, 포스터도 새로운 것을 구해다 붙였다.

위치가 한 번도 달라지지 않은 건 책장 중앙에 세워 둔 엄마 사진뿐이었다. 동우는 나보다 단단했다. 나는 엄마 사진을 바깥에 꺼내 놓지 못했다. 엄마의 부재를, 엄마가 사진으로만 남아 있음을 매일같이 확인할 자신이 없었다.

그때 화난 동우 목소리가 들렸다.

"싫어. 친구들 다 저런 거 타. 저것보다 더 큰 거 타는 애들도 있어."

밖을 내다봤다.

"그래도 저건 위험해."

아빠는 동우가 중학교에 가면 큰 자전거를 탈 수 있게 해 주겠다고 했다.

"왜 나만 애 취급이야?"

"손동우, 넌 애야! 초등학생이라고."

"사진을 찍어 줄 땐 언제고?"

이제 와서 현주 씨마저 편을 들어 주지 않는다고 동우가 항의하며 자리에서 벌떡 일어났다.

"아빠는 내가 자전거 타는 거 보지도 못했잖아. 애들이랑 노는 것도 못 봤으면서 무조건 안 된대."

조용히 방문을 닫았다. 동우가 자전거로 빗속을 달렸다는 것을 까발릴 필요도 없었다. 어쩌면 우리 가족은 동우를 마냥 어리게만 여기는지도 모른다. 나만 해도 동우가 여전히 일곱 살 언저리에 머물러 있는 것만 같았다.

나도 저런 때가 있었을까? 동우처럼 당당하게 굴었던 날이. 열두 살의 나는 동우처럼 악을 쓰며 울지 못했다. 나마저 그럴 수 없었다. 그때 나는 우는 동생을 챙기고 싶지 않았고, 괜찮다고 말하고 싶지도 않았다. 그러나 하고 싶지 않은 것들을 했다. 하게 되었다. 그래서인지 주위에서 첫째는 다르다고, 다 컸다고 나를 추켜세웠다. 그건 칭찬이나 위로가 되지 못했다.

"그래서 열두 살로 돌아가고 싶어? 악을 쓰면서 울고 싶어?"

스스로에게 물었다.

"아니, 별로."

또 다른 것들이 달라붙을 것만 같아서 털썩 드러누워 버렸다.

11.

> 아무튼 있었던 존재감

은제와 함께 식당 문을 열고 안으로 들어서자 테이블에 앉은 아이들이 쳐다보았다.
"어! 여기 왔네?"
은제가 손을 들어 인사했다. 같은 학원에 다니는 아이들이라고 했다.
그중 한 명이 나를 불렀다.
"손아진, 안녕."
보희였다. 보희와 옆자리 민지는 나와 같은 중학교를 졸업했고 고등학교도 같다. 보희 맞은편에 앉은 주영이라는 아이는 은제와 같은 고등학교에 다닌다고 했다.
"은제 너도 따뜻한 국물이 당기지?"
주영이가 은제에게 하이 파이브를 청했다. 모두가 오랜 시간 에어컨 바람에 시달려서 따뜻한 음식이 필요했던 것이다.

우리는 아이들 옆 테이블에 앉아 부대찌개에 사리 면을 추가해서 먹었다. 국물이 뜨끈하니 좋다는 말에 직원이 육수를 더 부어 주었다.

어쩌다 보니 다 함께 카페로 갔다. 그리고 중학교 이야기가 나왔다. 오랜만에 듣는 이름들과 그들의 근황이 이어졌다. 이름만 들어도 또렷하게 기억나는 아이가 있는가 하면, 학교가 떠들썩했던 에피소드에도 좀처럼 떠오르지 않는 얼굴도 있었다.

주영이가 물었다.

"작년에 너희 학교에서 죽은 애 있었지?"

"우리 학교에서? 그런 일 없었는데."

은제가 어리둥절해했다.

"학교에서 그랬다는 게 아니고, 죽은 애가 너희 학교 중3이라던데."

민지도 고개를 저었다.

"나도 몰라. 학교에 안 나오는 애들은 좀 있었어."

"우리 반은 한 명 자퇴, 한 명 유학. 아진이 반에도 있었던 것 같은데……, 누구였지?"

은제가 가벼운 투로 말했다. 아이들이 나를 보았다.

"응, 있었어."

"걔, 전학 간 거 맞아?"

"전학 아니고 자퇴라던데. 낮에 돌아다니는 거 봤대."

"정말? 누가 봤대? 어디서?"

여태껏 가만히 있던 보희가 그제야 흥미를 보였다.

"몰라. 영화관인가, 그쪽에서 봤다던데."

"아진아, 걔 이름 뭐였지? 세, 세, 세나! 맞아, 세나였어. 김세나? 박세나?"

심장이 쪼그라들었다. 내 친구 은제가 세나 이름을 아무렇게나 부르고 있었다. 심지어 제대로 기억하지도 못했다. 매일 되새기면서도 차마 소리 내어 부르지 못하는 이름을 은제는 가볍게 대했다.

"그런 흔한 성은 아닐걸."

민지 말에 아이들이 또 내 대답을 기다렸다.

나는 입이 떨어지지 않았다. 대신 보희를 노려보았다. 보희는 세나 짝이었으면서 시치미를 떼고 아이스크림 수저만 핥아 댔다. 주인이 비운 자리를 기꺼이 허락해 주던 작년 모습과 겹쳐졌다.

내 눈길을 느꼈는지 보희가 중얼거렸다.

"정세나잖아."

민지가 결론을 짓듯 말했다.

"뭐, 아무튼 그런 애가 있었어. 2학기에 신도시로 이사 가는 애들도 있었고."

"맞아, 벌써 많이 잊어버렸다."

"나도, 나도." 소리가 키득키득 웃음으로 이어졌다. 그렇게 세나 이야기는 '아무튼 있었던 아이'로 마무리되었다.

은제는 모른다. 역대급이라던 지난해 더위에 내가 얼마나 떨었는지. 더운데도 몸속을 파고드는 한기를 어쩌지 못해 안으로 깊이 들어가야 했다는 걸. 여전히 그 언저리에서 헤어나지 못하고 있다는 것도 전혀 모른다.

어느새 아이들이 계산을 끝내고 카페 밖으로 나갔다. 학원 점심시간이 끝났다. 나와 할 이야기가 있다던 은제가 망설였다. 주영이가 그 이유를 알려 주었다.

"문제 풀이 빠지고 바로 테스트 보시겠다고? 오! 박은제, 어쩔? 자신 있어?"

은제 사정이 약속했던 때와 달라졌다. 이번 수업에 빠지고 싶지 않은 것이었다.

"은제야, 괜찮아. 나도 시간 나면 학원에 일찍 갈 생각이었어. 숙제 덜 했거든."

나는 가방을 툭툭 쳤다. 사실은 숙제고 뭐고, 빨리 혼자가 되고 싶었다.

은제가 미안하다며 내 팔에 달라붙더니 하려던 이야기는 다음에 꼭 둘이서만 하자고 했다. 그러고는 나를 편의점으로 끌고 갔다. 아이들도 졸릴 때 먹을 간식을 사겠다며 우르르 따라왔다. 함께 간식을 고르고 품평하며 편의점을 돌았다. 시간이 느리게 갔다. 자꾸만 달아나려는 정신을 부여잡았다. 조금만 견디면 될 일이었다. 은제가 주는 음료수와 프링글스를 꼭 안았다. 신호등이 초록불로 바뀌고서야 모두에게서 놓여날 수 있었다.

가방을 멘 등이 땀으로 축축한데도 몸이 떨렸다. 상가를 벗어나 주택가로 들어갔다. 늘어선 담을 따라서 내키는 대로 모퉁이를 돌다 보니 작은 놀이터가 나왔다. 은행나무 그늘 아래 벤치에 앉았다.

'어떻게 다들 이럴 수 있지? 어떻게!'

모두가 나와 같을 거라고 기대하진 않았다. 아무리 그래도 세나가 그들 수다에 곁들이는 간식이 될 수는 없었다. 와작 깨물면 떨어지는 부스러기 같은, 쉬는 시간이 끝나 털고 일어나면 그만인 무게감이라니.

누구보다 은제는 달라야 했다. 작년에 세나 사물함을 열어 준 게 은제였다. 그래서 세나에 대한 기억의 무게가 여느 아이들과는 다를 줄 알았는데, 벌써 모조리 잊은 듯했다. 서운함이 넘쳐서 배신감마저 들었다.

매미가 온 힘을 다해 울어 댔다. 뜨겁게 달아오른 공기가 흡족한가 보다. 반바지 아래로 드러난 다리가 벌게졌다. 귀가 따갑고 살갗은 더 따가운데, 나는 다친 마음을 어쩌지 못해서 꼼짝없이 땡볕에 갇혔다. 매미처럼 목청껏 울고 싶어졌다.

그때 등 뒤에서 기척이 느껴졌다. 은행나무 뒤에 보희가 있었다. 아이들과 함께 횡단보도를 건너가는 걸 봤는데 여기까지 온 게 의아했다. 보희는 울타리를 돌아서 놀이터로 들어왔다. 옆에 놓인 간식을 내 쪽으로 밀고는 벤치 끝에 앉았다. 보희와는 둘이서 만난 적이 없었다. 보희야말로 내게 '그런 애가 있었지.' 정도의 존재감이었다.

"야, 드럽게 덥다."

나를 곁눈질하고, 슬리퍼로 바닥을 두드리고, 손부채질을 하며 산만하게 굴던 보희가 드디어 말을 꺼냈다.

"나, 세나 짝이었어."

"알아."

중간고사 전에 짝을 바꾸었으니 세나와 보희가 나란히 앉은 기간은 두 달쯤이었다.

"아진아, 세나 소식 알지?"

"……?"

"졸업식 때 세나 사물함 봤는데, 아무것도 없더라."

사물함이 빈 것과 세나 소식은 아무 관련이 없었다. 보희와 이런 이야기를 하는 게 내키지 않았다. 나란히 앉아 있고 싶지도 않았다.

"뭘 알고 싶은 건데?"

"담임한테 들었어. 네가 사물함 치웠을 거라고. 고맙더라. 난 아이들이 뒤져서 이래저래 다 없어진 줄 알았거든."

작년에 은제가 세나 사물함을 열었을 때 네 컷 사진을 꺼내고 그대로 잠가 두었다. 모두 세나가 돌아와서 사용할 것들이었으니까. 세나의 소식을 알고 난 후에도 부모님이나 선생님이 챙기기를 기다렸다. 그러다 교내 가을 축제 기간에 늦게까지 학교에 남아 있던 날, 다시 사물함을 열었다. 더 기다리지 않아도 될 것 같았다. 교과서와 노트와 플래너의 갈피를 훑었다. 그것 말고도 볼펜, 포스트잇, 빈 쿠키 상자까지 꼼꼼히 살폈다. 이미 몇 번씩이나 본 것들이었다. 세나의 것이 분명하니 집으로 가져갈까도 고민했다. 결국 자물쇠만 챙기고 나머지는 학교 쓰레기장에 버렸다.

보희는 내내 궁금해하다가 선생님에게 찾아가 물었다고 했다.

"자퇴한 게 맞대. 좀 서운했어. 그래도 짝이었는데."

예상대로 보희는 진실을 모르고 있었다. 굳이 내가 알릴 필요가 없었다. 세나에 관한 일을 내색하지 않는 건 이제 어려운 일도 아니었다.

"그래? 난 서운해도 잘만 지냈어."

보희가 나를 빤히 봤다. 자신을 비아냥대는 것으로 들렸나 보다. 오해라고 해명하려다 그만두었다. 식당에서부터 삐딱하게 그어진 마음이 어쩔 수 없이 말투에 묻어났다. 사실 보희에게는 관심이 없다. 그때도 지금도 내 자신이 문제였다.

지난해, 나는 남은 학기 동안 겉으로는 잘 웃고 잘 놀았다. 세나의 사물함을 정리하면서도 가을 축제를 위해 귀신 코스프레를 준비했다. 그러느라 친구들과 너무 시끄럽게 굴어서 선생님에게 경고를 받았다. 누군가와 함께 있을 때 슬픔을 감추는 것에 익숙했다. 그 후유증은 혼자가 되었을 때 찾아온다. 오늘처럼 말이다.

"세나도 나처럼 동생과 나이 차이가 많이 나더라고. 그래서 말이 좀 통했어."

"세나한테 동생이 있어?"

"응, 내 동생이랑 나이가 같아. 세나는 남동생, 난 여동생."

보희 동생은 이제 초등학교 3학년이라고 했다. 세나에게 동우보다 더 어린 동생이 있는 줄 여태껏 몰랐다.

"어른들은 요즘 세상에 차별 같은 건 없다고 하지만, 차별? 있어. 세나는 동생이 늦둥이에다 남자라 집에서 왕자 대접을 받는대. 내 동생은 양쪽 집안을 통틀어 막내라 엄청나게 사랑받거든."

보희는 나와 이야기를 해서 답답함이 풀린다고 했다. 세나에 관한 진짜 마음을 나누고 싶어서 나를 쫓아온 것이었다.

"아까 카페에서 참고 있었어. 괜히 말이 길어질까 봐. 아이들이 이러쿵저러쿵 씹기밖에 더 하겠냐?"

보희도 나처럼 마음 한쪽을 감추고 있었나 보다. 보이는 게 전부는 아니었다. 보희에게 꽁했던 마음이 조금 누그러지려고 했다.

"너, 세나 사진 가진 거 있어?"

"같이 찍은 건 없고, 사물함에 있던 거 내가 가졌어."

"혹시……, 그거? 초록색 체크 셔츠 입고 찍은 네 컷?"

보희는 세나가 네 컷 사진을 보여 준 적이 있다고 했다.

"체험 학습 갔던 날 찍은 거래. 다음에 보여 줄 수 있어?"
사진을 볼 때마다 언제쯤일까 궁금했는데, 보희가 답을 알고 있는 줄은 몰랐다. 나는 망설이다가 가방을 열었다. 일기장 뒤표지 안쪽에 붙은 종이 포켓에서 사진을 꺼냈다. 이것이 금성각 마당으로 떨어뜨린 일기장을 꼭 찾아야 하는 이유였다.
"맞아! 이 사진."
보희가 세나 얼굴을 쓰다듬었다. 손길에 친근함이 묻어났다.
"세나, 이제 염색해 봤을까? 아주 튀는 색으로 하고 싶댔어."
"그래? 머리카락을 기르고 싶어 한 건 알았는데."
"세나는 어깨 아래까지 내려올 만큼 머리카락을 길러 본 적이 없대."
"정말?"
"부모님이 집에 머리카락이 떨어져 있는 걸 엄청 싫어하신대."
이것도 몰랐던 사실이었다. 사진 속 세나는 길어진 커트 머리가 밖으로 뻗힌 모습이었다. 초등학교 때를 떠올려 봤지만, 귀 뒤로 머리를 넘기던 모습이 세나였는지 확실치 않았다.
"정세나, 잘 지내지? 나, 종종 네 생각한다. 갑자기 자퇴하면 어떡하냐? 궁금하다. 연락 좀 해라. 아진이 덕분에 오랜만에 너 보니까 좋다."
사진 속 세나에게 스스럼없이 인사를 하는 보희가 신기하면서도 부러웠다. 나도 하고 싶었다. 하지만 어렵게 세나를 부르고 나면 매번 말 뚜껑이 닫혀 버리고 만다.

보희가 일어나서 손부채질을 하며 가 봐야 한다고 했다. 그러고는 사진을 뚫어져라 보더니 덧붙였다.

"이거, 내가 가져도 돼?"

"어?"

허락을 구하는 게 아니었다. 보희는 뒷걸음을 치며 사진을 흔들었다. 그걸로 SNS에서 세나를 찾겠다고 했다.

"네 소식도 전해 줄게. 이 사진 보면 세나가 깜짝 놀랄 거야."

말릴 새도 없이 놀이터를 나가 버리는 보희를 보고 나는 자리에서 벌떡 일어섰다. 달려가서 무작정 사진을 잡아챘다. 세 번째 컷에 구김이 갔다. 사진을 일기장 갈피에 끼우고 가방을 챙겨서 성큼성큼 놀이터를 나갔다. 보희를 쳐다도 보지 않았다. "어? 어? 어!" 하며 보희가 쫓아왔다.

"야! 손아진, 넌 필요 없잖아. 세나랑은 너보다 내가 더 친했어."

나는 획 돌아섰다. 자칫 보희에게 마음이 넘어갈 뻔했다.

"누가 그래?"

"그렇잖아. 사물함을 정리한 건 너지만, 그 전까지 세나랑은 말도 안 해 봤잖아."

"네가 뭘 알아? 나, 세나랑 같은 초등학교 다녔거든!"

"정말이야? 그런데 왜 그랬어?"

바짝 다가온 보희 시선이 삐딱했다.
"뭘?"
"교실에서 세나랑 말한 적 없잖아. 둘이 있는 거 본 적 없어. 세나도 너에 대해 한마디도 안 했고."
나는 답을 하는 대신 보희에게 화살을 돌렸다.
"넌? 그렇게 세나를 생각했다면 네 옆에 다른 아이들이 앉지 못하게 했어야지. 세나 자리는 비워 뒀어야지!"
보희의 눈동자가 마구 흔들렸다. 내 말뜻을 알아차렸는지 "아." 하고 탄식하더니 퉁명스럽게 대꾸했다.
"야! 주기 싫으면 관둬. 그냥 해 본 말이니까."
"그냥? 그냥이라고?"
"손아진, 말꼬리 잡지 말고 말해."
나는 골목을 달렸다. 세나 때문에 보희와 싸우고 싶지 않았다. 하지만 세나를 그렇게 가볍게 기억하는 건, 다른 아이들이 세나를 아무튼 있었던 아이로 취급하는 것과 뭐가 다르단 말인가? 내가 경솔했다. 세나와의 추억을 나누며 보희에 대한 경계심을 풀자마자 뒤통수를 맞았다. 사진은 내 것이다. 누구에게도 줄 수 없었다.
보희에게 따라오지 말라고 소리쳤다.
"이렇게 화낼 일이야? 미안해. 내가 생각 없이 말했어. 세나 보고 싶어서……."
걸음을 늦추면 보희가 바짝 다가와서 말을 붙였다. 또 달릴 수밖에 없었다.

정류장에서 횡단보도만 건너면 학원인데 보희는 가지 않았다. 사람들이 많아서인지 종알대던 것을 멈추고 옆에서 쭈뼛거리기만 했다. 마침 정차해 있던 버스가 문을 닫으려 했다. 나는 노선도 보지 않고 후다닥 버스에 뛰어올랐다.

12.

> 나눠 갖지 않은 비밀

　제뉴 유리문 너머로 빛이 새어 나왔다. 밤 10시가 넘었으니 주얼리 제작 클래스도 끝났을 시각이었다. 낮은 조명등 옆 초록 소파에 해미 언니가 있었다. 하필이면 휴지로 눈물인지 콧물인지를 닦는 중이었다. 문을 열고 들어가 못 본 척 재빨리 제뉴를 통과했다.
　현관문 너머로 아빠와 동우가 야구팀을 응원하는 소리가 들렸다. 나는 조용히 문손잡이를 놓고 복도 끝 계단으로 향했다. 2.5층은 평소보다 더 어두웠다. 밤이면 불을 밝히던 동물병원 옥상 가로등이 꺼져 있었다. 휴대폰 조명을 켜서 세나의 사진을 확인했다. 구겨진 자국이 사라질 것 같지 않았다.
　"아무리 그래도 이건 아니지. 봤어? 그건 부탁이 아니라 강탈이었어."
　창밖이 어두워서 네가 어디쯤 있는지 알 수 없었다.

"뭐라고 말 좀 해 봐. 내가 틀렸어? 내가 너무한 거야?"

너는 화낼 일도 아니라며 한마디 덧붙였다.

"보희는 뒤늦게 자기 마음을 알았나 봐. 너도 그게 어떤 건지 알잖아."

"내가 걔 마음까지 알아야 돼?"

보희를 향한 내 감정은 '뭐 이런 일이?' 혹은 '이런 애가?'였다. 하지만 마음을 가라앉힐 필요가 있었다. 어찌 되었든 사진이 나에게 있으니 말이다.

"보고 싶어 하는 건 알겠어. 둘이 짝이었잖아. 어쨌든 찾아오길 잘했어."

다시 생각해 봐도 사진을 주는 건 안 될 일이었다.

"그래도 세나에게 동생이 있는 걸 알았어. 그건 보희 덕분이라는 거 인정해."

보희는 세나에 대한 소소한 것들을 알고 있었다. 그건 많은 시간을 함께 보낸 사람만이 갖는 소중한 기억이었다.

네가 조용히 말했다.

"너도 보희처럼 너만 아는 거 있지? 누구에게도 말하지 않은 거."

나는 고개를 끄덕였다. 네가 깊이 넣어 둔 내 기억에 고리를 걸었다.

초등학교 5학년이 된 봄, 네 명이 모둠이 되어 만들기를 하는 수업이 있었다. 나는 세나와 같은 모둠이 되었다. 선생님이 주재료를 주었지만 작품 특징을 살리는 것들은 모둠에서 알아서 준비했다. 놀이공원을 짓기로 한 우리 모둠은 두꺼운 재생 종이로 놀이기구를 만들었다. 나머지 꾸미기 재료는 분담해서 가져오기로 했다.

다음 날, 세나는 색깔 고무찰흙을 챙겨 오지 않았다. 꽃과 나무를 만들기 위해서 꼭 필요한 재료였다. 아이들은 세나에게 얌체라고, 모둠에서 빠지라고 화를 냈다. 나는 쉬는 시간에 문방구로 달려가 목공 본드와 고무찰흙을 사 왔다. 아이들은 세나 편을 드는 거냐며, 착한 척한다고 나를 못마땅해했다. 사실은 나도 목공 본드를 가져오지 않았다. 세나가 아이들에게 공격당하는 것을 보고 차마 말하지 못한 것이었다.

알고 보니 세나는 준비물을 챙기지 않기로 유명했다. 음악과 체육 시간에도 세나와 같은 모둠이 되면 활동을 망친다고 했다. 잘하지도 못하고 열심히 하지도 않는다는 것이다. 그때까지 나는 세나가 왕따인 걸 몰랐다.

쉬는 시간에 친구가 충고를 했다.

"똑같이 취급당하지 않으려면 옆에 가지도 마."

하지만 이미 아이들은 나를 점찍었다. 처음엔 몰랐는데, 이상한 일이 반복되었다. 내 말에 대답을 하지 않는 것을 시작으로 물건을 함부로 버리거나 책상을 더럽히는 괴롭힘으로 이어졌다. 그러다 그 일은 별안간 끝이 났다. 엄마의 사고와 입원,

장례식이 있기까지 나는 자주 수업을 빠졌다. 장례식으로 일주일쯤 결석하고 학교로 돌아간 후로는 아무 일도 일어나지 않았다. 내 결석에 겁을 먹은 것인지 따돌림 상대를 바꾼 것인지, 아무튼 더 이상 나는 왕따가 아니었다. 그러는 동안 세나의 상황이 어떠했는지 모른다. 솔직히 세나에게 관심을 두지 않았고, 친구의 조언대로 눈길조차 주지 않았다. 씁쓸한 이 기억은 늘 자책감으로 이어졌다.
 그런 나에게 네가 뜻밖의 말을 했다.
 "있잖아, 너희는 서로에 대한 비밀을 지킨 셈이야."
 "그게 무슨 말이야?"
 "너는 세나가 예전에 왕따였다는 걸 알았고, 세나는 네가 엄마를 잃었다는 것을 알고 있잖아."
 비밀을 지킨다는 생각은 해 본 적이 없었다. 하지만 나는 세나에 대해 누구에게도 말하지 않았다. 친구들이 내 상황을 모르는 걸 보면 세나도 그랬던 것 같다.
 "맞아, 서로에게 의리가 있었어."
 너의 말이 지울 수 없는 도장처럼 내 가슴에 찍혔다.
 나는 조용히 창문에서 물러났다. 저건 빈정거림이었다. 비밀이나 사진을 혼자서 갖는다고 의리가 지켜지는 건 아니다. 보희 말이 맞다. 나는 누군가와 함께 있을 때는 세나와 한마디도 하지 않았다. 그런 내가 의리 같은 것을 생각했을 리 없다.
 '네가 뭘 저버렸는지 알고 있는 거지? 이제 깨달은 거지?'

네가 세상 사람들을 대신해서 물을까 봐 겁이 났다.

어느 틈에 자정이 다 되었다. 내일이 성큼 다가와 있었다. 세나를 향한 마음이 뉘우침인지 생각해 봤다. 답을 찾을 수가 없어서 시간만 흘려보냈다.

"아진아?"

갑작스러운 부름에 벌떡 일어났다. 계단을 타고 올라오는 소리가 무척 가까웠다. 물음표를 단 낮은 목소리가 바로 옆에서 들리는 듯했다.

2.5층 모퉁이를 돌자마자 발밑에 깔리는 플래시 빛과 마주쳤다. 현주 씨가 부딪칠 듯 가까이 서 있었다.

13.

한밤의 소란

서서히 잠으로 들어간다. 잠 속에 있는 게 정말 좋다. 엄마가 '잠진'이라고 부르던 때의 느낌을 떠올린다. 이러다 잠이 달아나면 어쩌지? 이제 그만 좋아하고 이대로······.

또 실패다. 눈을 떠 보니 새벽 3시가 조금 넘은 시각이었다. 꿈에서 듣던 어수선한 소음이 계속 이어졌다. 문을 열고 내다보니 현관을 나서는 현주 씨 뒷모습이 보였다. 도매 시장을 가는 차림이 아니었다. 복도로 나서는 동안 사이렌 소리가 점점 또렷하게 들렸다. 제뉴 앞에는 경찰차가, 금성각 앞에는 119 구급차가 있었다. 불 꺼진 상가를 배경으로 서 있는 경찰차의 붉은 경광등이 급박한 분위기를 자아냈다. 이웃들이 잠옷 바람으로 금성각 주위를 에워싸고 있었다. 그러는 동안 또 다른 경찰차가 막 도착했다.

잠시 후 사람들이 뒤로 물러났다. 누군가가 구급차에 실렸다. 현주 씨가 사람들 틈을 비집고 들어가려고 했다. 나도 뒤꿈치를 들고 목을 빼어 봤지만 장벽을 친 사람들 때문에 안쪽이 보이지 않았다. 도로를 건너 맞은편으로 갔다. 건물들이 나란한 어두운 거리에 금성각만 불이 환했다. 화려한 중국집 조명이 그 집안의 검은 현실을 밝히는 꼴이었다. 금성각 2층 창가에 할머니와 경찰이 함께 있는 게 보였다.

 구급차와 경찰차 한 대가 떠나자 남은 경찰이 사람들을 흩어 놓았다.

 "여자인지 남자인지 알려 주세요. 그건 알려 줄 수 있잖아요."

 경찰을 향한 날이 선 목소리는 현주 씨였다. "남자요.", "주방장 아저씨." 하고 이웃들이 대신 답했다. 현주 씨가 집으로 가자고 부르기에 서둘러 금성각 2층을 가리켰다. 현주 씨가 찾는 해미 언니가 창가에 모습을 드러냈다.

 소파에 누워 있는데 현주 씨가 해미 언니와 함께 집으로 들어왔다. 형광등이 꺼져 있어서 내가 거실에 있는 걸 모르는 것 같았다. 나는 실눈을 뜨고 식탁 방향으로 살며시 몸을 틀었다.

 현주 씨가 물을 끓였다. 해미 언니는 식탁 의자에 올라앉아 무릎을 끌어안았다. 곧 유자차 향이 퍼졌다. 쿠션이 한쪽 귀를 막고 있어서 말소리가 잘 들리지 않았다. 슬그머니 몸을 돌려 바르게 누웠다. 현주 씨가 전화를 받고 나가더니 잠시 후 할머니와 함께 돌아왔다.

할머니는 신발을 벗으며 욕을 했다. 구급차에 실려 간 둘째 아들을 향한 것이었다. 나는 깜짝 놀랐다. 우아하려고 애쓰는 할머니에게서 우리 학교 애들과 맞붙어도 밀리지 않을 욕설이 나오다니. 현주 씨와 해미 언니는 미동도 없이 듣고만 있는 걸 보니 할머니가 욕을 잘하는 걸 나만 몰랐나 보다.

할머니는 해미 언니의 얼굴을 이리저리 돌려 보고 옷을 걷어 몸을 살폈다. 그러곤 정수기에서 물을 받아 벌컥벌컥 마셨다. 현주 씨는 할머니에게 차를 내어 주지 않았다.

"손 사장이 신고했어?"

현주 씨가 손사래를 치며 아니라고 했다.

"신고했다고 뭐라고 할 건 아니고, 그냥 궁금해서."

이번엔 또 어느 집이냐고 열을 내는 걸 보니 신고자를 알아내면 뭐라고 하는 정도가 아니라 제대로 붙을 기세였다. 아무도 묻지 않았는데 할머니가 이 밤의 사연을 술술 풀어놓았다. 할머니 목소리는 쿠션에 한쪽 귀를 묻어도 잘 들렸다. 지난밤에 해미 언니는 술을 마시는 남편을 피해서 제뉴로 온 모양이었다. 남편이 잠들기를 기다리느라 늦게까지 제뉴에 있었던 것이다.

"자는 줄 알았는데, 안 자고 기다렸나 보더라고. 내가 알았으면 여기 더 있으라고 했지."

둘째 아들은 언니와 싸우다가 할머니가 언니 편을 들자 길길이 날뛰었다.

"뭔 일 나겠다 싶어서 해미를 내 방에 들여보내고 문 앞에서 막았지. 아무리 그래도 그놈이 나한테 주먹질한 적은 없어."

이미 해미 언니는 비명을 지를 정도로 맞은 후였다. 일방적으로 맞은 것을 두고 서로 싸웠다고 하는 할머니가 이상했다. 제 뜻대로 하지 못한 둘째 아들은 의자와 집기를 부수었다. 2층 홀을 난장판으로 만들고도 분이 안 풀렸는지 창턱에 올라섰다.

"뛰어내리겠다고 해서 그러라고 했어. 눈 하나 깜짝 안 한다고."

할머니가 말하다 말고 코를 풀었다.

"모르지, 날뛰다가 실수로 미끄러진 건지. 저도 제 성질을 못 이겨. 그 성질머리에 제 놈이 잡아먹혀."

"경찰이 조사 나오는 거 아니에요?"

현주 씨는 누군가 밀었다고 의심을 받을 수 있다고 했다.

"우린 확실해. 홀에 CCTV 있잖아."

경찰이 이미 CCTV 영상을 보았다며 할머니가 한숨을 쉬었다. 나도 할머니를 따라 안도의 숨을 길게 내쉬었다. 불미스러운 사고가 이 정도에서 마무리된 게 다행스러웠다.

"구급 대원 말로는 이름도 말하고, 어디가 아픈지도 말했대. 정신 멀쩡해. 속상해서 안 따라갔어. 첫째한테 전화해서 병원에 가 보라고 했어."

할머니는 휴지로 눈가를 꾹꾹 눌렀다.

"그런데, 그놈이 난리 칠 때 이미 경찰에 신고가 들어갔다더라고."

할머니가 119에 전화를 하는 중에 벌써 경찰차가 왔다는 것이다.

"손 사장, 난 그놈 다친 것보다 해미가 마음을 바꿀까 봐 속이 타. 응? 해미야?"

할머니는 해미 언니를 빤히 보았다. 언니는 할머니에게 눈길도 주지 않았다. 처음 모습 그대로, 양손으로 감싼 컵을 뚫어져라 바라볼 뿐이었다.

하소연을 마친 할머니가 집을 나서려 신발을 신다가 나를 발견하고는 외마디 비명을 질렀다. 소동의 내막을 알아낸 나는 소파에서 몸을 일으켜 앉았다. 현주 씨는 나를 보는 둥 마는 둥 하며 방으로 들어가라고 손짓했다. 둘이서만 속닥거릴 이야기가 남은 것 같았다.

며칠 후, 새벽에 자전거를 타고 돌아오다가 해미 언니가 제뉴에서 나와 금성각으로 들어가는 것을 봤다. 금성각에는 '내부 수리로 휴업 중입니다.'라는 안내문이 걸려 있었다.

옆집에 또 일이 생겼냐고 물었더니 현주 씨가 아무 일도 없다고 했다.

"저 언니, 하루에도 몇 번씩이나 여기 오는 것 같은데?"

"장사 안 하잖아. 시간 많으니까 놀러 오는 거지, 뭐."

아침 7시에 옆집에 오는 사람도, 그걸 받아 주는 사람도 이해가 되지 않았다.

일주일이 지난 뒤 둘째 아들이 오른쪽 발목에 깁스를 하고 퇴원했다. 여전히 금성각은 휴업 중이었지만 해미 언니의 자유는 끝이 났다.

14.

가짜 화해, 진짜 안부

부대찌개를 함께 먹은 이후 은제와는 조금 멀어진 느낌이다. 평소처럼 연락이 오긴 했다. 은제 입장에서는 아무 일도 없었으니까 아무렇지도 않은 게 당연했다. 하지만 나는 아니었다. 메시지에는 짧은 답을 했고, 전화는 부재중으로 넘어갈 때까지 내버려두었다. 사정이 있다고 둘러댔다. 아빠를 핑계로 삼았다. 부모님을 내세우면 아이들은 길게 묻고 따지지 않았다.

은제는 오늘따라 학원이 쉬는 시간마다 메시지를 보냈다.

— 할 이야기 많단 말이야.
— 너 아니면 안 된다고!
— 컥 끄윽 끄끄끄윽. 숨넘어가는 소리 들려?

이런 것으로는 답을 받을 수 없다는 걸 알았는지 콕 집어 물었다.

— 그날 내가 밥만 먹고 학원으로 가서 기분 상했지?

은제는 아이들에게 섞여서 점심을 먹은 것도 후회한다고 했다. 독백을 이어 가더니 나중에는 제발,이라며 애원했다.

— 이 밖에 알아내지 못한 죄도 모두 용서하여 주세요.

성당에서 하는 고해성사의 구절이라며 두 손을 모은 이모티콘을 보냈다.
나는 이쯤에서 혼자서만 하던 은제와의 거리 두기를 그만하기로 했다. 끈질기게 들이미는 은제의 사과가 귀찮기도 하고 계속 토라진 채로 있는 게 무의미하게 느껴졌다. 은제에게 세나의 존재가 희미한 건 어쩔 수 없었다. 말 한마디 나눠 본 적 없는 아이를 나와 같은 무게로 기억하기를 바라는 건 욕심이었다. 무엇보다 은제는 나만 알고 있는 세나와의 일을 몰랐다. 말하지 않은 내 심정까지 은제가 알아주길 바라는 게 억지스럽기도 했다.

— 우리 은제가 죄는 무슨. 용서는 무슨. 사과는 그만.
— 손아진의 이름으로 은제 님의 죄를 용서합니다, 라고 해 줄래?

은제가 원하는 말을 복사해서 그대로 보낸 후에야 엉덩이춤을 추는 곰돌이 이모티콘을 받을 수 있었다.

이대로 끝나면 좋을 텐데 곧바로 은제에게서 전화가 왔다. 내키지 않았지만 받아야 했다. 대신 후딱 해치우기로 했다. 나는 바로 본론으로 들어갔다.

"할 이야기가 뭔데?"

지난번에 우리가 만난 건 은제가 토씨 하나까지 똑같은 말을 하루에 두 번이나 들은, 자칭 소름 돋는 일 때문이었다.

"고백받았어. 남자."

"정말?"

그동안 둘 사이에 있었던 단절을 잊을 만큼 놀라운 뉴스였다. 은제에게 고백한 남학생은 같은 학교와 학원을 다니는 2학년 선배였다. 그래서 다른 친구들에게 섣불리 말하지 못하고 있었다. '만나고 싶어. 놀고 싶다! 너랑.' 나와 똑같은 메시지를 보낸 사람이 남자라니. 일단 꽤 귀여운 사람 같다고 응원해 주었다.

은제는 사귀자는 말에 아직 답을 못 했다며, 답이 늦어서 이미 자신을 포기한 게 아닌지 조바심을 냈다. 한바탕 말 폭탄을 쏟아 내다가 "수업 시작."이라고 속삭이고는 급히 전화를 끊었다. 그러고는 또 메시지를 보내왔다.

― 개학 전까지 답하기로 했어. 아! 몰라, 몰라.

책상 밑으로 발을 동동거리고 있을 은제 모습이 그려졌다.
뭔가 찝찝했다. 오늘 주고받은 은제와의 메시지를 다시 읽고서야 알았다. 우리는 알맹이가 없는 화해를 했다. 은제가 뜻밖의 뉴스로 우리 사이의 서먹한 거리감을 대충 메우려 드는 것 같기도 했다. 이것으로 모든 게 괜찮아졌다고 여길 것이다. 내 마음은 달라지지 않았다. 줄줄이 들어오는 은제의 메시지는 비슷한 말들의 반복이라 대꾸하기 어려웠다.
답을 하는 게 귀찮아질 즈음 또 다른 번호로 메시지가 들어왔다. 사진 묶음이 연이어 전송되었다. 모르는 번호였지만 사진에는 나를 포함한 익숙한 얼굴과 풍경이 담겨 있었다. 학교 운동장을 찍은 마지막 사진에서도 교문 근처에 있는 나를 찾아냈다. 나는 꽃을 든 아이들 사이에서 눈사람 인형이 달린 머리띠를 하고 있었다. 모두 중학교 졸업식 날 찍은 사진이었다.
이 여름에 지난겨울 사진을 보낼 만한 사람이 누가 있지? 메시지를 보낸 상대방의 프로필란은 비어 있었다. 사진 속 아이들을 보며 추리를 하고 있을 때 전화가 왔다.
"봤냐?"
"……누구?"
"김진규. 번호 바꿨어."
"아! 김진규!"
진규가 "엄청 반갑지?" 하며 내 반응을 만족스러워했다. 휴대폰을 새것으로 바꾸며 번호도 바꿨다고 했다. 새 휴대폰을 세팅한 후 가장 먼저 알린 거라고. 한때 툭하면 메시지를 보내 나를 귀찮게 하던 진규가 오랜만에 연락을 한 것이다.

작년에 진규는 용건도 없는 메시지를 보내곤 했다. 낮에 학교에서 마주쳐 놓고도 밤에 새삼스레 메시지로 안부를 물었다.

─ 잘 지냄? 요즘 뭐 해?
─ 뭐 하긴. 학교 다니지.

매번 별 내용 없는 대화가 오고 갔다. 성가셔서 답을 하지 않으면, 내일 교실로 찾아가 귀찮게 갈구겠다고 했다.

─ 꺼져, 네 번호 차단할 거야.
─ 일단 오늘은 그냥 둬.

진규가 원한 건 일종의 생존 신고 같은 것이었다. 나를 위해서라고 했다. 시답잖은 대화는 고등학교에 입학하면서 끝이 났다.

그동안 어떻게 지냈냐는 안부 같은 건 필요 없었다. 어제까지 만났던 것처럼 곧장 사진 이야기로 넘어갔다.
"사진 정리하다가……. 이 사진, 너 안 준 것 같아서."
"까맣게 잊고 있었어."
"그날 눈이 왔잖아."

"맞아, 눈사람 인형 머리띠 인기 많았어. 너도 빌려 갔지?"
"응, 그거 부러졌지?"
"분명 너희 중 한 명이 범인이야."
"아마도."
진규가 키득거렸다.

졸업식 날, 나는 누구보다 많이 쏘다녔다. 운동장에 설치되어 있는 다섯 개의 테마 포토존을 옮겨 다니며 시끌벅적하게 동영상을 찍었다. 이후에 친구들과 휴대폰으로 주고받은 졸업식 사진과 영상이 수백 개였다. 집을 나설 때만 해도 기쁜 척이라도 해야지 생각했는데, 지나고 보니 그날의 웃음에는 진짜도 섞여 있었다.

진규가 내일 뭐 하냐고 물었다. 은제의 고백 사연을 들은 직후라 그런지 괜한 상상이 앞서갔다.

"뭐, 학원밖에 더 있냐?"

진규가 한 발 더 들어왔다.

"나 금요일에 기숙사 들어가는데, 내일하고 모레 시간 있어."

"그래서 어쩌라고?"

무슨 말을 하려는 건지 짐작이 가지 않았다.

진규는 "그게 그러니까, 있잖아." 하며 시간을 끌다가 연락한 이유를 슬그머니 내밀었다.

"이맘때잖아, 세나."

고백보다 강한 한 방이었다. 작년에 진규가 구안동에서 나를 찾아온 게 이 무렵이었다.

"너는 기일을 챙길 것 같아서. 세나가 그렇게 된 게 언제인지 모르니까 우리는 이맘때라고 정하면 안 될까, 혼자서 그런 생각을 했어."

세나의 기일. 세나와 기일이라는 단어의 조합이 낯설고 어색하다. 나는 아직도 엄마와 기일을 함께 말하는 게 싫다. 그런 거부감이 또 하나 늘었다. 세나의 죽음을 아는 사람들은 세나가 죽었다고 말하지 않았다. 나쁜 소식이라고, 잘못되었다고, 돌아올 수 없다고 에둘러 말했다. 거북한 말을 피해도 달라지는 건 없다. 하지만 그들의 마음을, 나는 안다.

"혹시 나, 안 필요해?"

진규는 세나를 위해 추모의 시간을 보내자고 했다. 더 이상 어색해지기가 싫어서 버럭 짜증을 냈다.

"야, 됐고! 자전거나 찾아가."

이렇게 말해도 진규는 알아들었다.

"좋아, 내일 자전거 가지고 나와."

"미리 말하는데, 내가 좀 탔다. 녹슬까 봐 관리해 준 거야. 1년치 보관료로 밥 사라. 이왕이면 등심 돈가스 정식으로."

나는 감정이 끼어들 틈을 주지 않으려고 속사포처럼 되는 대로 내뱉었다.

그때 진규가 훅 들어왔다.

"네가 자전거 타는 거 세나가 봤으면 좋아했을 텐데. 그치?"
나는 그만 할 말을 잃었다.
한동안 내 침묵을 듣고 있던 진규가 "바이." 하며 먼저 전화를 끊었다.

15.
다녀간 여름을 맞으러

 6시가 가까워졌는데도 복도 창밖이 어둑했다. 비가 오고 있었다. 소파에 누워서 빗소리에 귀를 기울였다. 어젯밤에 비 냄새가 났던가? 간혹 비가 오기 전에 비 냄새가 날 때가 있다. 이런 말을 하면 친구들은 후텁지근한 것 말고는 잘 모르겠다고, 기상청으로 진로를 정하라고 놀려 댔다. 현주 씨가 그건 흙먼지 냄새라며, 내 감성을 싹둑 잘랐다. 그런 메마른 감성으로 어떻게 소품숍 물건을 고르고 주얼리 제작 클래스를 운영하는지……, 답답했다.
 큰 우산을 챙겼다. 자전거는 탈 수 없었다. 어차피 오늘 새벽에는 나가지 않을 생각이었다. 계단을 올라 옥상 문턱에 앉았다. 우산을 발치에 펼쳐서 빗물이 튀는 것을 막았다. 좁고 불편한 문턱에 오래 앉아 있을 순 없지만, 비 구경을 하기에는 안도 밖도 아닌 이곳이 딱 좋았다.

세나의 부모님은 딸의 기일을 언제로 정했을까? 세나가 결석한 날부터의 행적이 확인되었는지, 나는 알지 못한다. 담임 선생님은 졸업할 때까지 세나에 관해 어떠한 것도 알려 주지 않았다. 보희에게도 사실을 말해 주지 않은 걸 보면, 밝혀진 게 있다 해도 단단히 봉해 둔 게 틀림없었다.

처음엔 세나가 왜 죽었는지에 온 정신을 쏟았다. 나와 헤어지고 무슨 일이 있었는지 알고 싶어서 온갖 추측을 했다. 그런데 시간이 지나면서 고민이 달라졌다. '거기엔 어떻게 갔을까.', '언제부터 있었을까.', '나무가 부러질 만큼 세차게 퍼붓던 큰비를 피하긴 했을까.' 이런 답이 없는 의문들이 여전히 잠을 갉아먹고 있었다.

그 순간, 담배 냄새가 났다. 재빨리 옆집 마당을 내려다봤지만 또 놓쳤다. 우산은커녕 아무도 보이지 않았다.

잠시 후 생각지도 않은 우산이 나타난 곳은 동물병원 옥상이었다. 초록이 한창인 화단 주위로 검은 우산이 분주히 오갔다. 저 집은 옥상 출입구를 제외한 모든 벽이 뺑 둘러서 화단인데, 비 오는 날에도 식물을 돌볼 만큼 화단 가꾸기에 진심이었다. 계절마다 꽃이 끊이지 않았고, 심지어 겨울에도 빨간 동백꽃이 피었다. 여름의 푸르름이 한창인 지금, 바닥에 방부목이 깔려 있는 저곳에 야외 카페를 열어도 좋을 것 같았다. 우리 집 옥상도 옆집 못지않게 푸르긴 했다. 얼마 전 바닥에 칠한 초록색 방수 페인트 때문에 눈이 아플 지경이었다.

화단을 오가던 우산이 사라진 것을 확인한 뒤 담 가까이로 다가갔다. 뽑힌 잡초 더미가 화단 턱에서 비를 맞고 있었다. 요즘 저 옥상에서 가장 눈길을 끄는 것은 기둥을 타고 오르는 주황색 꽃이다. 그 아래 봉오리째 떨어져 소복이 쌓인 꽃 무더기 또한 그림처럼 예뻤다. 휴대폰 앱에다 물어보니 능소화라고 했다.

화단을 구석구석 살피던 중에 지금까지 본 적 없는 고양이 집이 눈에 들어왔다. 고양이가 있을까? 궁금해서 노려보다가 장독대 옆에 있던 플라스틱 양동이를 가까이 끌어왔다. 비도 서서히 그쳐 가는 중이었다. 양동이를 엎어서 한 발을 올려놓았다. 손으로 담을 짚고 몸을 끌어올리는 순간 뽀작, 발이 아래로 내려앉았다.

입간판을 내어놓는데, 도복 바지를 입은 동우가 제뉴 밖으로 튀어나왔다. 태권도장에 가는 모양이었다. 말갛게 갠 하늘을 보더니 우산을 맡겼다. 말로만 맡아 달라고 했지, 뛰어가며 아무렇게나 던진 것이다. 우산은 나에게까지 오지 못하고 땅으로 떨어졌다.

약속대로 자전거를 가지고 나가 기다렸다. 저만치서 오는 진규를 보고 어이가 없어서 헛웃음이 나왔다.

"야, 어쩔 건데?"

자전거를 가져가기로 해 놓고선 녀석이 전동 킥보드를 타고 나타난 것이다.

"자전거 찾으러 간다니까 엄마가 안 믿어. 이미 주인이 세 번은 바뀌었을 거래."

"으이그, 나 정도 되니까 잔소리 참아 가며 꿋꿋하게 맡아서……."

"그만 좀 하자. 알았으니까."

"알았으면 등심 돈가스!"

나는 앞장서 달렸다. 진규가 따라붙으며 감탄을 했다.

"손아진, 이제 꽤 탄다!"

"나도 알아."

진규가 무어라 구시렁대더니 대뜸 "기억나?" 하고 물었다.

"그때 겨울에 넌 자전거 타고 세나는 킥보드 탔잖아. 그때랑 똑같다."

세나에게 자전거 타는 것을 배우던 어느 날, 초등학교 운동장으로 가는 길에 진규를 만났다. 이제 막 학원에서 같은 수업을 듣기 시작한 때였다. 우린 인사 정도는 하는 사이였지만, 세나와 진규는 서로가 같은 학교 학생인 것조차 몰랐다.

진규는 운동장까지 우리를 따라와서 자전거로 빙빙 돌며 내가 넘어지는 것을 구경했다. 돌아갈 것처럼 교문까지 갔다가 조회대 앞으로 되돌아오기를 반복했다. 그러다가 문득, 간다고 인사를 했다.

"손아진, 사고 나면 연락해. 구하러 올게."

"됐거든."

"응, 나도 넌 됐고! 자전거는 구해야지."

잠자코 있던 세나가 풀썩 주저앉더니 무릎에 얼굴을 묻었다. 웃느라 어깨까지 들썩였다.

진규가 이번엔 세나 주위를 빙글빙글 돌았다.

"수리해서 팔아야지. 세나, 네가 살래?"

세나는 뭐가 그리 우스운지 아예 바닥에 주저앉아 버렸다. 한참 만에 나를 보며 한다는 말이 가관이었다.

"얘가 너 좋아해서 따라온 줄 알았어."

진규와 나는 동시에 "됐거든!" 하고 응수했다. 꺼지라는 내 말에 진규는 깔끔하게 사라져 주었다.

진규는 그날을 선명하게 기억하고 있었다. 그게 진규와 세나의 유일한 만남이었을 것이다.

동네 비탈길에 새로 생긴 돈가스 식당이 있다. 새벽에 자전거로 지날 때마다 눈길이 가던 곳이다. 하얀 바탕에 진한 파란색으로 포인트를 준 깔끔한 외관이 마음에 들었다. 메뉴는 돈가스로만 세 종류였다.

우리는 밥을 먹는 동안 쉴 새 없이 떠들었다. 진규가 기숙사에서 겪은 일들은 참으로 다양했다. 로맨스는 기본이고 역사물, 스릴러, 호러, 액션까지 에피소드가 넘쳐 났다. 진규는 도무지 믿기지 않는 이야기를 재미나게도 엮었다. 나는 "그래서? 그래서?" 하고 추임새를 넣으며 접시를 비웠다. 서비스로 주는 소프트아이스크림까지 야무지게 챙겼다.

가게 문을 열고 땡볕으로 나오자 그제야 현실감이 들었다. 오늘 진규와 만난 이유는 둘이서 먹고 놀기 위해서가 아니었다. 다음 할 일이 막막했지만 어제 통화를 끝내고 혼자서 결정을 내리긴 했다. 세나를 위해서 지금까지 하지 못한 일이 있었다. 그건 진규가 도와줘야만 했다.

"세나 있었던 곳, 기억나?"

진규는 덥석덥석 세 번 만에 아이스크림콘의 꽁지까지 입에 넣었다.

"가면 알 수 있어. 경찰차가 있던 곳, 거기만 찾으면 돼."

꽃집에 들어갔다. 엄마가 있는 봉안당에는 꽃을 놓을 수 없다. 우리는 엄마에게 꽃을 보여 주고 다시 가져와 동우 방에 둔다. 동우 방에는 항상 엄마가 있으니까.

꽃집 주인은 어디에 쓸 것인지 물었다. 친구에게 줄 거라고 했더니 구슬같이 작은 보라색 꽃이 촘촘히 달린 것을 추천했다. 오래 두고 볼 수 있다고 했다. 나는 오래가는 것보다 예쁜 것을 사고 싶었다. 결정을 하지 못하다가 빨간 장미를 발견하고는 그것으로 선택했다.

진규가 킥보드 핸들에 꽃이 든 종이 가방을 걸었다.

"의외로 흔한 걸 골랐네."

"세나가 장미꽃을 좋아했던 게 생각났어."

꽃집에 들어갈 때까지도 그날을 까맣게 잊고 있었다. 세나에 대한 기억은 손으로 꼽을 수 있을 만큼 적었다. 그것들을 소중히 여기는 것이 세나에게 사과하는 방법이라고 맘대로 정했다. 겨우 1년이 지났는데 얼마 되지 않는 기억마저 놓치고 있었다.

진규는 킥보드도 날렵하게 탔다. 인도와 차도를 거침없이 넘나들며 나와의 간격을 점점 벌렸다. 멀어지는 대로 내버려두다가 녀석이 보이지 않을 때쯤 너를 불렀다.

"학교 담 옆으로 난 골목 있잖아. 그 주택가에서 세나를 만난 적 있어."

너는 그게 언제냐고 물었다.

"1학년 입학하고……, 5월쯤? 그날 처음 우리가 같은 학교에 다니는 걸 알았어."

뭔가를 하느라 교실에 남았다가 학원에 늦은 날이었다. 평소 다니지 않던 학교 후문 지름길에서 한 아이를 봤다. 그 아이는 저만치에 서서 한곳을 바라보고 있었다. 무심히 앞을 지나치는데 "안녕?" 인사말이 들렸다. 잠깐 멈칫했지만 곧 세나를 알아보았다. 나와 같은 교복을 입고 있어서 놀랐다. 이사 오기 전에 알던 아이가 새로운 동네의 같은 학교에 다니는 게 신기했다. 하지만 그뿐, 손을 흔든 뒤 걸음을 재촉했다. 모퉁이를 돌며 보니 세나는 여전히 그곳에서 삐딱하게 고개를 꺾고 서

다녀간 여름을 맞으러

있었다. 호기심에 나는 발길을 돌렸다.

"뭐 해?"

세나가 기다렸다는 듯이 손가락으로 건너편을 가리켰다. 나는 옆으로 가서 세나처럼 고개를 기울였다. 건너편 집 담장에 빨간 장미가 가득했다. 길에서는 잘 보이지 않지만 한번 눈에 띄면 다시 돌아볼 만큼 풍성한 꽃들이 긴 담을 뒤덮고 있었다.

세나는 자기도 마당에 장미를 심어서 꽃담을 만들 거라고 했다.

"집에 마당이 있냐고 물었더니, 나중에 마당 있는 집이 생기면 그러겠대. 난 당장 심겠다는 건 줄 알았거든."

저만치서 진규가 신호를 보내더니 시장 안으로 들어갔다. 실력은 위기에서 드러난다고 했던가? 복잡한 시장 안으로 들어서자마자 나는 자전거에서 내렸다. 뒤를 돌아보며 웃는 진규를 쏘아보았다. 나를 골탕 먹이려고 일부러 복잡한 길을 택한 게 아닌지 의심스러웠다. 시장을 빠져나와 주택가로 들어선 후에야 다시 자전거에 오를 수 있었다. 그사이 진규는 보이지 않을 만큼 멀어졌다.

"그래서? 아, 그래서······. 골목에서 헤어지고 학원에 거의 다 왔는데 세나가 나를 부르며 뛰어오더라고. 장미 두 송이를 꺾어서 쫓아온 거 있지. 저 하나, 나 하나 하자고. 깜짝 놀랐잖아. 들키면 어쩌려고 그랬냐고 했더니, 가시에 찔렸다며 손가락을 쪽쪽 빨면서 '그럼 할 수 없지, 뭐.' 이러는 거 있지."

말이 끝나기가 무섭게 진규의 킥보드가 갑자기 치고 들어와 황급히 브레이크를 잡았다. 부딪히기 전에 간신히 땅에 한 발을 내려놓았다.

"뭐라는 거야?"

"응?"

"아까부터 누구하고 말하는 거냐?"

진규가 나를 살피더니 "이어폰도 없네, 통화는 아니고." 하며 중얼거렸다.

"뭐야? 자전거 타며 노래 부르는 게 취미?"

"너야말로 뭐라는 거야? 빨리 가기나 해."

그래도 진규는 가지 않고 나를 뚫어지게 봤다. 무시하고 먼저 출발하니 뒤에서 고함이 들렸다.

"오른쪽으로 빠져."

동네를 벗어나자 강을 따라 둑길이 이어졌다. 한적한 둑길에서는 자전거와 킥보드가 나란히 달릴 수 있었다. 점점 가까워지는 저 산이 봉수대가 있는 봉우리와 이어져 있을 것이다. 다리를 건너면서부터 내리막이었다. 진규가 또다시 나를 앞질렀다.

"처음엔 장미를 받지 않았어. 그걸 들고 학원 수업에 들어가면 우습잖아. 안 그래도 늦었는데, 다 쳐다볼 거 아니야. 그런데 세나가 '예전에 고무찰흙 고마웠어.' 하더라. 오랜만에 나를 보고서 5학년 때가 떠올랐나 봐. 뭐라도 주고 싶은데 그게 꽃이어서 정말 좋다고. 장미? 받았지, 가방에 꽂았어. 세나가 꽂아 줬어."

내가 잊은 걸 세나는 기억하고 있었다. 그 마음은 뭘까? 뭐라고 이름 붙일 수 있을까? 곰곰 생각하며 자전거 페달을 부지런히 밟았다.

내리막 끝에는 저수지가 있고 그 너머로는 온통 밭이었다. 집도 포장도로도 없었다. 외길인 농로뿐이라 차가 오면 밭 쪽으로 바짝 붙어야 했다. 그때마다 내려놓은 다리가 풀에 쓸렸다. 하필 깨진 양동이에 긁혀서 상처가 난 쪽이었다. 따갑기도 하고 간지럽기도 해서 종아리를 찰싹찰싹 때리며 달렸다.

밭 사이로 난 길들이 산 둘레길과 연결되어 있었다. 진규가 안내한 둘레길은 풀이 무성해서 길이라고도 할 수 없었다. 키 큰 풀이 바퀴에 감기는 바람에 자전거를 세웠다. 진규는 둘레길을 따라서 멀리까지 갔다가 되돌아왔다. 막상 와서 보니 어디쯤인지 헷갈린다고 했다.

"경찰차가 저쪽 농로에 있었고, 경찰이 이쪽 어딘가에 있었거든."

우리는 휘어진 산모퉁이까지 가서 지나온 곳을 가늠해 보았다. 넓은 밭은 다 같아 보였고 거기서 산 둘레길까지 오는 길은 세 군데였다. 주위에 눈에 띄는 나무나 바위 같은 특징적인 것이 없었다. 진규는 정확한 자리를 찾으려고 애를 썼다.

"됐어. 이쪽인 건 확실하지?"

"응, 완전 확실해. 할아버지 집이 언덕 위에 있거든. 집 옥상에서 저기 저수지가 조그맣게 보여. 경찰차가 오는 걸 보고 나도 여기로 온 거였어."

더 안쪽으로 들어갔다. 발을 뗄 때마다 조심스러웠다. 이곳 어딘가에 세나가 머물렀다. 나는 우거진 풀 위에 장미 한 송이를 내려놓았다. 조금 떨어진 곳에 또 한 송이를 놓았다.

진규가 내 뜻을 알아차렸다.

"좋은 생각이야."

"그치? 여기 어디쯤일 테니까."

이제야 세나가 다녀간 여름을 맞으러 왔다. 언저리만 서성이며 주저했던 날들을 오늘에야 건넜다. 찬란한 생명력으로 가득한 곳에서 혼자 춥고 외로웠을 너에게 도달한 것이다.

'세나야, 정세나……'

인사를 해야 하는데, 하고 싶은데 입안에 돌덩이가 꽉 들어찬 듯 숨이 제대로 쉬어지지 않았다. 진규가 나뭇가지를 주워서 땅을 쑤시더니 내가 놓아 둔 장미를 구멍에다 꽂았다. 그러곤 발로 흙을 다져서 넘어지지 않게 했다.

"어때? 이게 더 낫지 않아?"

다시 돌아가서 처음 내려놓은 꽃도 땅에 꽂았다. 열 걸음 혹은 스무 걸음쯤 걸어간 뒤 구멍을 파고 장미를 꽂는 일을 반복했다. 손이 덜덜 떨렸다. 눈이 마주치자 진규가 고개를 살짝 끄덕였다. '괜찮아? 혹은 괜찮아!'라는 뜻인 것 같았다.

장미 다발은 길이 휘어지는 곳에서 동났다. 진규는 그 너머를 보고 있는 나에게 그쪽은 아닌 게 확실하다고 했다. 돌아보니 초록 풀들 사이에 반듯이 서 있는 꽃만이 붉었다. 진규가 자전거에서 물병을 가져와 꽃에 조금씩 물을 주었다.
"세나야. 잘 지내라."
당혹스러워하는 나에게도 인사를 하라고 했다.
나는 고개를 저었다. 아무 생각이 나지 않았다. 정말이지 머릿속이 텅 비었다.
"아무거나 말해. 난 몰라도, 넌 엄청 반가워할걸."
세나를 소리 내어 부르면, 그 애가 여기 없다는 걸 인정하는 게 될 것이다. 그때부터는 정말 세나가 세상에 없는 게 된다.
진규가 흠흠, 목소리를 가다듬었다.
"나 따라 해. 세나야!"
심장이 쿵 내려앉아 나도 모르게 눈을 질끈 감았다.
"세……."
입만 벙긋거릴 뿐 소리가 제대로 나오지 않았다.
"내가 늦었지? 늘 보고 싶었는데, 늦어서 미안해."
진규는 멋대로 내 마음을 단정해 버렸다. 나를 힐끔거리고 있을 것 같아서 눈을 떠 보니, 녀석이 하늘을 쳐다보고 있었다. 세나가 있는 곳을 확인시켜 주는 듯이.
나는 획 돌아섰다. 바퀴에 감기는 풀과 싸우며 자전거를 끌었다. 진규가 이대로 가는 거냐고 물으며 따라왔다. 산그림자를 벗어나자마자 햇볕이 쏟아졌다.

뜨거운 열기 사이로 너를 그려 보았다. 발돋움을 하고서 가시에 찔리며 꽃을 꺾는 너, 숨 가쁘게 달려오는 너, 고맙다며 빙긋 웃는 너, 내 가방에 꽃을 꽂는 너, 학원 엘리베이터 문이 닫힐 때까지 손을 흔드는 너.

묵묵히 걷던 우리는 둑길로 올라가는 길을 놓쳤다. 왔던 길로 되돌아가기도 어중간했다. 하는 수 없이 빙 둘러서 가기로 했다.

맞은편에서 자동차가 왔다. 덩치가 큰 SUV였다. 나는 일찌감치 가장자리로 물러났다. 앞서가던 진규가 어정쩡하게 멈춰 섰다. 더 이상 물러설 공간이 없었다. 나를 돌아보더니 어쩔 수 없다는 듯 나무에 바짝 붙었다. 자동차도 우리를 피하느라 한껏 속도를 줄였다.

길 위에 그림자를 만드는 건 가로수뿐이었다. 나무와 나무 사이, 그늘이 끊긴 구간을 걷는 게 벌칙처럼 여겨졌다. 하필 오후 해를 마주 보고 가는 중이어서 눈이 너무 부셨다.

그때 진규가 나를 돌아보며 무어라 말했다. 계속해서 찔러대는 진규 손짓을 따라 뒤를 보니 자동차가 천천히 후진을 하고 있었다. 뒤이어 차가 멈추고 운전자가 내렸다.

16.
믿기 힘든 우연

"저기, 학생."
아저씨가 다가오는 것을 보고 나는 슬금슬금 진규에게로 갔다. 진규도 킥보드를 끌고 내 쪽으로 움직였다. 밝은 낮이지만 외진 곳이었다. 의지할 데라곤 진규뿐이었다.
"혹시 나 본 적 없어? 우리 애 친구 같은데."
나는 진규에게 누구냐는 눈짓을 보냈다. 표정을 보니 진규도 나에게 같은 것을 묻는 듯했다.
"걔가 누군데요?"
진규가 묻자 아저씨가 나를 빤히 보더니, 자전거에 달린 물고기 인형을 가리켰다.
"예전에 우리 애랑 자전거 탄 적 있지?"
헉하고 숨을 들이마셨다. 심장이 세차게 뛰기 시작했다.
세나 아빠였다. 얼굴은 가물가물했지만, 마른 몸과 신경질적인 인상이 그때와 다름없었다. 아저씨는 투박한 손길로 머리카락을 거칠게 쓸어 넘겼다. 준비도 없이, 예상치 못한 곳에서 딸의 친구와 맞닥뜨린 게 당혹스러운 모양이었다. 그건 나도 마찬가지였다. 갑작스럽고도 믿기 힘든 우연이었다. 길을 잘못 들지 않았다면 아저씨를 만나지 못했을 것이다.

얼떨떨해하며 아저씨에게 인사를 했다. 진규는 이 와중에도 궁금한 걸 못 참겠는지, 손등으로 나를 툭 치더니 물고기 인형을 슬쩍 건드렸다. 내 자전거에 이런 것도 달았어? 묻고 싶은 것이다.

연두색 물고기 인형은 내 자전거에 있던 건데, 새벽길을 달리면서부터 진규 것에다 옮겨 달았다. 초코바만 한 길쭉한 몸통과 큰 눈 덕분에 물고기는 날렵하고 영특해 보였다. 언제나 앞장서서 바람을 갈라서인지 선명했던 연두색이 바래고 그새 때도 많이 탔다.

세나네 집은 그 일이 일어난 후 세나 언니가 있는 곳으로 이사를 갔다. 작년 가을 세나 사물함을 비우기 전에 담임 선생님에게 들어서 알고 있었다. 아저씨와는 꼭 한 번, 어두운 골목에서 마주친 게 다인데 그때를 기억하고 있는 게 신기했다. 하지만 아저씨가 기억하는 것은 나도, 자전거도 아니었다.

"세나 방에서 똑같은 걸 봤어."

"헉! 세나? 정세나 아버지세요?"

진규가 먼저 반응했다.

나는 다른 이유로 놀랐다. 세나가 같은 인형을 가지고 있는 줄 몰랐다. 물고기 인형은 현주 씨가 도매 시장에서 사 온 것이었다. 제뉴에서는 희소가치를 위해 상품이 아무리 예뻐도 소량만 판매한다. 이것도 연두색과 파란색, 두 개만 들여놓았다.

인형을 보고 지나는 말로 "나 물고기자리인데." 하고 말했더니 현주 씨가 갖고 싶냐고 물었다. 딱히 그런 것은 아니었지만 물건 정리를 돕고 엉겁결에 연두색 물고기를 얻었다.

"세나 거는 파란색이에요?"

아저씨가 고개를 끄덕이며 물고기 꼬리를 만지작거렸다.

세나가 제뉴에 다녀간 것일까? 답을 알아낼 수 없는 질문이 또 하나 생겼다.

"세나……."

'잘 있나요?'라고 묻고 싶은데, '어디에 안치했나요?'라고 묻는 게 옳았다. '어떻게 지내요?'라고 묻고 싶은데, '어떻게 된 건가요?'라고 물어야 했다. 속에서만 맴돌 뿐, 무엇 하나 꺼내지 못했다. 떠난 사람에 관해서는 질문도, 답도 어렵다는 걸 이미 경험했다.

엄마의 마지막은 내가 묻기 전에 아무도 말해 주지 않았다. 간신히 용기를 냈을 땐 의미 없는 답만 돌아왔다. '편안했다.', '자는 듯이 떠났다.', '아파하지 않았다.' 그건 거짓말이었다. 어려도 그 정도는 알았다. 병원에서 엄마는 링거팩 세 개가 연결된 바늘을 꽂은 채 초점이 맞지 않아 흐릿한 눈으로 우리를 바라보았다. 그런 중증 환자의 마지막이 편안했을 리 없었다.

진실을 모르면 자꾸만 상상하게 된다. 고통스러웠을 엄마의 마지막 순간을 헤아릴 때마다 내가 틀렸기를 간절히 바란다. 엄마의 마지막은 기적처럼 편안했는데, 나의 걱정과 우려가 엄마의 아픔을 상상하는 것뿐이라고.

세나의 마지막은 상상할 수조차 없었다. 내가 기억하는 세나의 마지막 모습은 죽음과 가까웠던 엄마와 달랐다. 세나와는 손을 흔들면서 멀어졌다. 그때 세나 얼굴엔 희미하게나마 웃음도 있었다.

아저씨는 나와 진규를 번갈아 보았다. 이리저리 헤매는 눈동자가 무언가를 찾으려는 것 같았다. 눈시울이 벌게지는 아저씨를 보고 나는 고개를 떨어뜨렸다. 표정을 드러내지 않으려고 안간힘을 썼다. 입을 열면 울음부터 터질 것 같았다. 긴 침묵이 이어졌다. 매미 울음소리가 집요하게 그 시간을 메웠다.

그때 자동차에서 창문을 두드리는 소리가 났다. 차 뒤창으로 아이가 보였다. 세나에게 남동생이 있다는 보희 말이 기억났다. 아저씨는 꿈에서 깨기라도 한 듯이 정신이 번쩍 든 표정이었다. 우리에게 조심히 가라고 한 뒤 서둘러 자리를 뜨려고 했다. 나는 다급하게 아저씨를 불렀다. 지금이 아니면 영영 물어보지 못할 것 같았다.

"세나, 어디에 있어요?"

그것만이라도 알고 싶었다.

아저씨가 두 손으로 얼굴을 벅벅 문질렀다. 숨을 길게 몰아쉬며 한동안 머뭇거렸다. 목소리가 떨렸다.

"너희는, 오래오래…… 건강하게 살아라."

곧이어 차가 떠났다.

천천히 멀어지는 차 뒤꽁무니를 보는데 몸에서 힘이 쭉 빠졌다. 내내 잡고 있던 자전거 핸들을 놓아 버렸다. 자전거가 기우뚱 풀숲으로 넘어가다가 나무에 걸렸다. 그대로 바닥에 주저앉아 손에 잡히는 대로 풀을 뜯었다. 세나에 관해서는 아무것도 알아내지 못했다. 앞으로도 그럴 것 같았다. 진규가 넘어진 자전거를 끌어 올렸다. 핸들 사이에 나뭇가지가 걸려서 빼내느라 힘들어했다.

옆에 앉는 진규에게 괜히 까칠하게 굴었다.

"덥다. 떨어져라."

"나도 더워."

진규가 더 바짝 붙었다.

그늘 끝자락에 진규의 한쪽 어깨가 가까스로 걸려 있었다. 나는 그늘 깊숙이 옮겨 앉으며 자리를 내주었다.

"아저씨가 많이 참는 것 같았어."

"그게 무슨 말이야?"

날카롭게 되묻자 진규가 움찔 놀랐다.

불행할 때는 원망할 대상을 찾게 된다. 엄마가 돌아가셨을 땐 탓할 사람이 없었다. 아빠는 혼자가 되었고, 우리를 위해서 매일 출근을 해야 했다. 현주 씨는 이혼하고 조카를 둘이나 떠맡았다. 동우에게는 다정한 말만 하기에도 부족했다. 그래서 나는 안으로 파고들었다.

하지만 세나에 관해서라면 얘기가 다르다. 입 밖으로 내뱉지 못한 원망이 마음속에서 들끓었다.

'어릴 적에 자전거를 타다가 팔이 부러진 세나를 야단치셨다면서요? 예전에 저와 세나를 보았을 때도 그러셨잖아요. 친구 앞에서 혼이 나는 세나 마음이 어떨지 생각해 보셨어요? 세나가 집으로 돌아가는 걸 얼마나 싫어했는지 아세요?'

진규가 내 속엣말을 끊었다.

"오래 살라니, 그게 10대에게 할 법한 인사냐?"

하지만 아저씨에게는 가장 절실한 바람일 거라고 했다.

"생각해 봐. 세나는 영원히 열여섯 살이잖아. 세나가 그렇게 되고 얼마나 힘드시겠어? 궁금한 것도 많으실 거 아냐. 아까 아저씨 표정 봤어? 하고 싶은 말을 참으시는 거?"

진규의 말을 들으니 마음이 더 복잡해졌다. 녀석의 말에 반박하고 싶은 걸 꾹 참았다. 골목에서 어둠과 하나가 되어 덩그러니 남았던 세나를 떠올리면 아저씨가 밉고 싶기만 했다. 하지만 엄마를 잃은 내가, 딸을 잃은 아저씨를 무조건 미워하는 건 어려운 일이었다.

게다가 그런 아저씨가 우리에게 바라는 것은 떠난 세나를 챙기기보다 각자의 삶을 살아가는 것이었다. 아저씨의 당부는 아득하고 절망스러웠다. 자책과 후회가 담긴 인사였다.
자동차가 지나간 길을 돌아보았다.
"차라리 물어보시지."
"왜? 전할 얘기가 있었어?"

17.
배웅할 걸 그랬어

약속 시간이 20분이나 지났는데 세나가 오지 않았다. 10분 전에 보낸 메시지에 뒤늦은 답이 왔다.

— 아진아, 정말 미안해. 행정 복지 센터 정류장으로 와 줄래?
— 왜?

그쪽은 쇼핑몰과 반대 방향이었다. 귀찮게 거기까지 가야 하는 이유를 모르겠다.

— 만나서 말할게. 와 주라.

그냥 다 취소하고 싶어졌다. 토요일에 일찍 일어나 부지런히 준비하고 나온 게 아깝긴 했지만 집으로 돌아가도 상관없었다.

둘이서 만나는 건 세나에게 자전거 타는 법을 배운 후 6개월 만이었다. 그동안 한 교실에 있으면서 서로 말 한마디 하지 않은 걸 생각하면 이번 약속 또한 엉뚱했다. 게다가 세나가 약속을 어겼으니 취소해도 괜찮을 것 같았다.

— 출발했어?
— 몇 분 걸려?
— 어디까지 왔어?

답을 하기도 전에 세나가 연이어 메시지를 보냈다.

— 아진아?

그제야 나는 방향을 돌렸다. 15분 후 도착한다고 답장을 보냈다.
오늘 약속은 갑자기 정해졌다. 어제, 학교를 마치고 친구들과 드러그스토어로 몰려갔다. 각자 관심사를 찾아 흩어져서 나는 아이 펜슬 코너에 자리를 잡았다. 테스트용 펜슬 세 개를 골라 손등에 색을 칠해 보고, 휴대폰으로 사용 후기까지 검색해 봤지만 선택을 하지 못했다.
그때 진열대 너머로 손가락이 쑥 나와서 고개를 들었다.

"나는 가운데 거 추천!"

맞은편에 세나가 있었다.

"어? 너, 써 봤어?"

"아니, 찜해 뒀어. 나중에 사려고."

같이 온 친구들은 이미 학원과 집으로 떠난 후였다. 우린 번갈아 가며 손등에다 테스트를 했다. 그러다가 결국 아무것도 사지 않고 그곳을 나왔다.

"내일 POP몰 갈래?"

세나의 제안은 지난겨울 자전거 타는 것을 가르쳐 주겠다고 할 때처럼 자연스러웠다. 마치 계속 어울리던 사이처럼, 아빠에게 혼난 것을 들킨 적이 없는 것처럼.

"학원 가야 돼?"

"아니, 수업 없어."

이번 주는 결석을 하지 않았고 숙제도 밀리지 않아서 주말 보충 수업에서 자유로웠다.

"거기 내일 오픈이잖아. 이벤트 많대. 구경 가자."

"그럴까?"

이참에 현주 씨 선물을 사면 좋을 것 같았다. 우리가 어른 남매와 살면서 지켜야 하는 의무 중 한 가지가 바로 현주 씨 생일을 잊지 않는 것이었다. 아빠 말에 의하면 현주 씨는 어릴 적부터 자신의 생일을 끔찍이도 챙긴다고 했다.

언젠가 아빠가 현주 씨를 놀리는 걸 들은 적이 있다. '그 자식이 너 생일을 잊어서 이혼했냐?' 현주 씨가 화를 낼 줄 알았는데 싱겁게 웃으며 넘겼다. 그럴 때 보면 어른들의 분노 포인트를 종잡을 수가 없다.

그런데 행정 복지 센터 정류장에도 세나는 없었다. 눌러두었던 짜증이 다시 올라왔다. 잠시 후 세나가 저만치에서 뛰어오는 게 보였다. 내가 "야!" 부르며 손을 번쩍 들었지만, 세나는 눈길도 주지 않고 나를 지나쳐 갔다.
"뛰어."
세나의 말을 뒤늦게 알아듣고 따라 뛰기 시작했다. 왜 뛰어야 하는지, 뭐가 쫓아오는지 알 수 없었다. 목줄 풀린 개만 아니면 좋겠다고 생각했다.

세나는 그렇게 한 정거장을 달린 다음에야 멈췄다. 사람이 많은 곳에서도 안심이 안 되는지 자꾸만 지나온 길을 돌아보았다.
"뭔데? 왜 그러는데?"
"이따가 말해 줄게."
세나는 POP몰로 가는 노선이 아닌데도, 정차한 버스에 다짜고짜 올라타려고 했다.
"환승하면 돼."
재촉하는 세나를 따라서 버스에 올랐다. 우리는 숨을 고를 틈도 없이 다음 정류장에서 버스를 갈아탔다. 버스 뒷자리에 나란히 앉고 나서야 세나가 사과했다.

"아진아, 진짜! 진짜, 진짜 미안해. 아빠 몰래 나오느라."

세나가 말끝에 헤헤, 웃음을 달았다.

"왜? 무슨 일 있어?"

세나는 누가 아픈 것도 아니고, 큰일이 있는 것도 아니라고 했다.

"아빠가 많이 엄하셔?"

"그렇지, 뭐."

듣지 않아도 답을 알고 있었다.

세나의 표정이 복잡해 보였다. 한동안 조용히 창밖을 보더니 선언하듯 말했다.

"나, 언니랑 살 거야."

"언니가 어디 있는데?"

세나가 말한 곳은 난생처음 듣는 지명이었다. 언니가 직장을 다닌다는 그곳이 경상도인지, 전라도인지조차 나는 알지 못했다.

"고등학교는 거기서 다닐 거야. 우선 언니를 설득하는 게 먼저이긴 하지만."

내가 보기에 세나는 고등학교보다 당장 오늘을 걱정해야 할 것 같았다.

"이따가 집 가서 괜찮겠어?"

"응, 당연히 괜찮지. 신경 쓰지 마."

세나는 언니 이야기를 하며 표정이 풀렸다. 언니를 좋아하는 게 얼굴에 고스란히 드러났다.

처음 계획은 POP몰 오픈 런이었지만 늦었으니 선착순 이벤트는 포기했다. 대신 행사 매장을 찾아다니며 줄을 섰다. 슈팅 게임과 뽑기 게임에서 향수 샘플과 수제 캐러멜을 받았다. 시식 코너를 돌면서 음식도 맛보았다. 우리가 받은 가장 큰 경품은 프랜차이즈 카페에서 사용할 수 있는 무료 음료 쿠폰이었다. 당장 지하 카페로 달려가서 쿠폰을 썼다. 오후에는 버스킹 공연도 보았다.

현주 씨 선물을 사는 것에 세나가 적극적으로 나섰다. 선물은 우선 예쁠 것, 아빠에게 받은 돈으로 가능할 것. 그리고 세나에게는 말하지 않았지만 제뉴에는 없는 것이어야 했다. 목적이 있는 우리는 매장마다 들어가서 구경하고 당당하게 직원을 불러서 이것저것 물었다. 마침내 야구공만 한 동그란 조명을 선택했다. 사방으로 구부릴 수 있는 가느다란 막대 위에 조명을 꽃봉오리처럼 올려 두는 디자인으로, 확실히 제뉴에서 본 적 없는 물건이었다.

선물 구매를 끝으로 우리는 완전히 방전되었다. 매장 연결 통로에 자리를 잡고 쉬는 사람들 사이에 끼여 앉아 다리를 주물렀다. 더 이상 음료나 달달한 간식으로 체력이 충전되지 않았다. 이젠 집으로 돌아가야 했다.

6월의 저녁은 후덥지근했고, 주말 버스에는 승객이 많았다.

우리는 서로 떨어진 채 사람들 틈에서 이리저리 흔들렸다. 집 근처에 도착해 버스에서 내리는데 세나가 따라 내렸다.

"왜? 저 버스는 환승하지 않아도 되잖아?"

"아진아, 행정 복지 센터까지 같이 가 주면 안 돼?"

어이가 없었다. 나는 속마음을 감추지 않았다. 세나는 아침에도 내가 거기로 갔다는 걸 잊은 듯했다.

"양심 좀 챙겨. 거기까지 가면 난 언제 집에 가?"

다리가 아팠다. 코앞에 집을 두고 또 걷는 건 끔찍이도 싫었다.

"그럼, 저기 보이는 신호등까지만. 저기까지 갔다가 내가 너희 집까지 같이 가 줄게."

이미 간판들마다 불이 켜진 시각이었다. 나는 남은 힘을 쥐어짜서 짜증을 감추려고 애썼다. 검지를 들어 세나의 뺨을 가리켰다.

"정세나, 너 다크서클이 여기까지 내려왔어. 이제 각자 갈 길 가고, 좀 쉬자."

"저긴 멀지도 않잖아. 금방이잖아. 조오기까지만 가자, 응?"

"안 힘들어? 배 안 고파? 나 집에 가고 싶어."

"그럼 우리 햄버거 먹고 갈래? 내가 사 줄게."

팔짱을 끼려는 세나를 피했다. 계속 이런 식이면 세나에게 질려 버릴 것이다. 좋았던 하루를 망치고 싶지 않았다. 마지막 인내심을 끌어모아 인사를 했다.

"다음에. 다음에 바래다줄게. 그때 햄버거 먹자."

시선을 떨어뜨렸던 세나가 고개를 들어 헤헤 웃었다. 자신의 눈 밑을 톡톡 치더니 "다크서클은 못 참지."라고 했다. 손을 흔들며 천천히 돌아섰다. 세나는 맑아 보였다. 가벼워 보였다. 정말 그래 보였다.

잠자코 이야기를 듣던 진규가 다리를 철썩 때렸다. 벌레가 있다며 일어났다.
"그래서? 어떻게 됐는데?"
나도 일어나서 옷을 털었다.
"어떻게 됐냐니까?"
햇볕에 달궈진 자전거 핸들은 무척 뜨거웠다. 하마터면 손을 놓을 뻔했다.
"설마……, 그다음부터 세나가 결석한 거야?"
진규는 아무 말도 못하는 나를 물끄러미 바라보았다.
우리는 밭둑길을 빠져나오자마자 처음으로 보이는 편의점에서 물과 컵 얼음을 샀다. 물병을 눈 깜짝할 사이에 비우고, 얼음은 와작와작 깨물어 먹었다.
"세나가 언니 집에 간 줄 알았어. 담임도 세나에게 메시지를 받았대. 지방에 있는 언니 집에 다녀온다고."
"그렇지. 세나가 너한테 언니 이야기를 했잖아."
"확실한 건 POP몰에 갔던 날 세나가 집에서 몰래 나왔는데, 내가 그걸 잊어버렸다는 거야. 놀면서 까맣게 잊었어. 피곤해서 뇌가 멈췄는지……, 세나와 헤어질 때 그걸 신경 썼어야 했는데."

세나는 쇼핑몰을 누비면서 마냥 즐겁지만은 않았을 것이다. 시간이 가는 것, 버스가 집과 가까워지는 것, 거리가 어두워지는 것을 알아채는 순간마다 마음이 점점 무거워졌을 테니까.

"그날 세나를 배웅했다면 올여름이 달랐을까? 지금이라도 사과하면 세나가 받아 줄까?"

플라스틱 컵에 맺힌 물이 아래로 흘렀다. 진규는 물이 바닥에 고이기를 기다렸다가 컵을 들어 옆으로 옮겼다.

"그런 게 굳이 필요할까?"

컵이 옮겨 간 곳마다 물 자국이 생겼다. 탁자가 물 동그라미로 채워지고 있었다.

진규가 혼잣말처럼 웅얼댔다.

"혼자서, 힘들었겠네."

눈물이 후드득 탁자 위로 떨어졌다. 황급히 내가 만든 물 자국을 지웠다. 탁자를 문지르는 손등 위로 계속 눈물이 떨어져 내렸다. 그건 진규가 대신 닦아 주었다.

나를 짓누르는 기억을 이제 겨우 한 사람과 나누었다. 그런다고 해서 사라지지도, 줄어들지도 않지만 그 무게를 알아주는 사람이 생겼다.

18.

                모른 척해 주는 시간

새벽 5시 15분. 배터리가 없는 휴대폰에 충전기를 꽂은 뒤 램프를 찾아 들고 현관을 나섰다. 복도에는 여전히 자전거 두 대가 서 있었다. 구안동을 다녀온 날, 진규는 킥보드와 자전거를 한꺼번에 가지고 갈 수 없었다. 그래서 자전거를 진규 집까지 직접 가져다주려고 했다.

"너, 방전됐어. 집에나 가."

"됐어, 자전거 주고 버스 타고 오면 돼."

진규가 나를 말리다 말고 아리송한 표정을 지으며 고개를 갸웃거렸다.

"설마? 나랑 더 있고 싶어서? 이거, 이거…… 질척대는 거?"

나는 진규 대신 킥보드를 발로 찼다.

"뭔 일 있을까 봐 그런다! 왜?"

지친 건 사실이었다. 세나 아빠를 만난 후 감각들이 사라진 듯 멍했다. 자전거를 굴리는 내내 다리가 자꾸만 떨렸다. 그렇지만 무슨 일이든 내가 할 수 있을 때 하고 싶었다. 진규가 고마워지는 순간부터 불안이 스멀스멀 올라왔다. 별생각 없이 한 선택을 또 후회하게 되면 어쩌지. 다음이라는 기회가 주어지지 않으면 어쩌지.

"손아진, 네가 우리 엄마야? 걱정 마. 원하면 자주 연락할 수도 있어."

"너랑 그 정도로 가까워지고 싶진 않아."

"나도 마찬가지야."

"그러니까, 자전거를 가지러 오면서 이딴 걸 타고 나타나면 어쩌라는 거야?"

"됐고, 오늘은 여기서 찢어지자."

그렇게 해서 자전거는 다시 우리 집 복도로 돌아왔다. 늦은 밤이 되어서야 진규에게 미뤄 둔 인사를 했다.

— 오늘 고마웠다.
— 공짜 아니야. 자전거 보관료 1년치 선불로 낸 거야. 고장 내지 마, 팔아먹지도 마.
— 사고 쳐서 기숙사에서 쫓겨나지나 마라.

또 한동안 진규와 연락이 끊길 것이다.

2.5층으로 가 계단참의 창을 열고 새벽 공기를 한껏 들이마

셨다.

"방학이 끝난다. 여름도 끝난다. 그래그래, 끝난다."

말끝을 음미하고 있을 때 원치 않는 소리가 끼어들었다. '흡 흡' 또는 '프읍' 같은 소리는 네가 아니었다. 그리고 익숙한 냄새가 났다. 옥상 문을 살짝 열고 문틈으로 살펴보니 장독대 자리 맞은편 담 아래 사람이 앉아 있었다. 누군지 알아보는 건 새벽빛으로도 충분했다.

옆집 언니가 담배를, 그것도 우리 집 옥상에서 말이다. 나처럼 이웃의 옥상을 넘보는 사람이 또 있었다. 우리 집과 동물병원 건물은 한 팔 간격 정도 떨어져 있지만, 금성각과 우리 집은 외벽이 맞붙어 있다시피 했다. 마음만 먹으면 누구나 넘을 수 있었다. 그동안 2.5층에서 맡은 담배 냄새의 범인은 해미 언니였다. 언니는 훌쩍이다가 참을 수 없었는지 코를 풀고는 화분에 고인 빗물로 손을 씻었다.

언니가 금성각으로 돌아가는 것까지 보려고 숨죽인 채 기다렸다. 그런데 고개를 돌리는 언니와 눈이 마주치고 말았다. 해미 언니는 나를 보고도 대수롭지 않은 듯이 새 담배에 불을 붙였다. 나는 조용히 계단으로 물러났다. 언니 집에는 불면증만 있고 그걸 해결할 2.5층이나 자전거가 없는 듯했다. 거기까지 생각이 미치자 잊고 있던 게 불쑥 떠올랐다. 계단을 달려서 재빨리 방에 다녀왔다. 숨이 차고 땀도 찼다. 다행히 언니는 아직도 그 자리에 있었다.

내가 다가가자 언니가 담배를 껐다.

"이거요, 언니."

일찌감치 언니를 위해서 단정하면서도 예쁜 다이어리를 사 두었다. 고양이 볼펜도 함께 내밀었다.

언니가 빙긋 입꼬리를 올리며 고맙다고 했다.

2.5층으로 돌아가려는데 해미 언니가 불렀다.

"아진아, 그때 그……, 왜 모으는 거야? 학교 과제 같은 거니?"

언니가 무얼 말하는지 잘 안다. 파일케이스 안에 있던 인쇄물을 본 것이다.

"아니요, 그냥 보려고요."

케이스 안에는 10대가 피해자인 사건 사고 기사만 한 뭉치가 들어 있다. 나이, 날짜, 장소 같은 정보를 형광펜으로 칠해 두기까지 한 게 '그냥'으로는 설명될 것 같지 않았다.

"정말 그냥 보는 거예요. 다행히 아는 사람은 없어요."

"혹시 세나라는 아이를 찾니?"

해미 언니에게서 생각지도 못한 이름이 튀어나왔다. 나도 모르게 숨을 들이마셨다. 들켜 버렸다. 어떻게 알았을까, 세나를? 언니도 그 애의 죽음을 아는 걸까?

"아! 놀랐니? 인쇄물 곳곳에 세나라고 적혀 있어서……. 친구야?"

나는 조용히 고개를 끄덕였다. 당장은 할 수 있는 답이 그것밖에 없었다.

"그렇구나. 음…….."

말을 고르는 건지 아니면 내 속을 가늠하는 건지, 언니가 말꼬리를 흐렸다. 괜스레 다이어리를 들추어 보다가 '탁' 소리 나게 덮었다.

"아진아, 내 생각에는 그 사람들이 너에게 고마워할 것 같아. 자기들을 기억해 준 거잖아. 누군가 마음을 써 주는 거, 참 고마운 일이더라. 겪어 보니 그렇더라고."

그러고는 다이어리를 흔들며 아주 마음에 든다고 했다.

나는 다시 계단으로 돌아와서 들고 온 램프를 켰다. 작년에 세나와 POP몰에서 고른 이것은 조명보다는 램프라고 부르는 게 더 어울렸다. 스위치를 터치하면 빛이 번지듯 서서히 밝아졌다. 이쯤에서 이 정도로만 있을게, 허락을 구하는 듯 밝기가 과하지 않았다.

램프를 들어 창틀 위 벽 가장자리를 비추었다. 며칠 전, 앉아 있는데 머리 위로 타일이 떨어지는 바람에 벽에 박힌 타일 중에 빠지는 게 있다는 것을 알았다. 끼워 두었던 타일을 떼어낸 뒤 모서리로 매끄럽지 않은 벽을 살살 긁어냈다. 거기에다 글씨를 적었다.

8월12일세나보러간날
시장끝오른쪽/마을끝둑길/다리/저수지/풀숲/장미/진규

획이 휘어지고 받침이 찌그러진 파란 글자가 타일이 떨어져 나간 자리를 빼곡하게 채웠다. 타일 뒷면에 접착제를 발라서 제자리에 끼워 넣었다. 이제 어제의 일은 이 집의 수명만큼 오래 남겨질 것이다. 글씨를 쓰는 동안 궁금한 게 생겼다.

"뭔데?"

알맞은 타이밍에 네가 말을 걸어 주었다.

"엄마와 세나는 만났을까?"

"만났으면? 무슨 할 말이라도 있어?"

"다른 건 아니고, 세나에게 엄마를, 엄마에게 세나를 부탁하려고. 그러면 조금 마음이 놓일 것 같아."

생각해 보면 엄마는 우리에게 마지막을 명확히 남겼다. 내가 나쁜 상상을 좇지 않도록.

"지난번에는 엄마의 고통을 상상한다고 했잖아. 그것과 다른 건가?"

"그건 엄마의 고통을 덜어 주고 싶은 간절함인 거지. 조금이라도 덜 아팠길 바라는 마음이기도 하고."

떠났다는 사실 말고는 확실한 게 없는, 진상이 밝혀지지 않은 죽음에는 반복되는 질문이 따를 수밖에 없다. 결국엔 각자가 짊어져야 할 물음표만 남는다. 거북 등에 들러붙은 따개비같이 제 손으로는 떨칠 수 없는 것들 말이다.

벽을 더듬어 흔들리는 타일을 또 찾았다.

엄마고마워

쓰고 보니 엄마의 죽음을 고마워하는 것처럼 여겨져서 한 줄 덧붙였다.

내엄마인것을비롯한당신의모든것

떼어 낸 타일을 다시 벽에 붙이는데, 담배 냄새가 새어 들어왔다. 해미 언니가 무거운 숨을 마저 덜어 내고 있는 모양이었다.

나는 언니에게 묻고 싶었다. 붉고 푸르렀던 멍은 희미해졌는지, 새로운 멍이 생겨나고 있는 건 아닌지, 마음은 좀 어떤지……. 어린 나의 걱정도 위로가 될 수 있을지 모르겠지만. 그래도 다이어리를 주길 잘했다는 생각이 들었다.

저마다 혼자 보내는 시간이 있다. 자전거를 타고, 개와 산책을 하고, 담배를 피우면서. 2.5층에서 너를 만나는 나, 정원과 동물을 공들여 돌보는 옆집 아저씨, 이웃집 옥상으로 건너와 현실의 시름을 덜어 내는 해미 언니, 모두가 마찬가지였다. 혼자여서 마음을 놓고 있다가 어쩌다 시선이 겹치면 모른 척해 주면 된다. 우리가 각자 보낸 시간을 지나 아침이 오고 있었다.

19.
틀리게 말하는 진심

갑자기 아빠가 왔다. 광복절과 주말이 이어지는 휴일에도 바쁘다고 했는데 연휴가 끝나는 일요일 밤에 예고도 없이 온 것이다. 현주 씨가 사 온 아이스크림을 골라서 식탁 의자에 앉았다. 동우가 내 옆자리로 오려다가 멈칫하더니 맞은편에 앉은 아빠에게 자리를 바꾸자고 했다. 나와 멀어지려는 게 왠지 의심스러웠다.

현주 씨가 휴대폰을 내밀었다.
"이거 볼래?"
모두의 시선이 모일 때까지 기다렸다가 동영상을 재생했다. 영상이 어두웠다. 카메라를 든 사람이 걷고 있는지 화면이 불규칙하게 흔들렸다. 돌연 방향이 바뀌면서 희미한 빛과 함께 화면에 무언가가 잡혔다. 검은 인영이 규칙적으로 앞뒤로 움직이고 있었다. 웅얼거리는 소리도 들렸다. 한 장면이 길게 이어지다가 이내 카메라 각도가 달라졌다. 더 밝아진 화면에 검은 형체가 확연히 드러났다.

눈이 번쩍 뜨였다. 고개를 쑥 빼고 다시 확인한 뒤 재빨리 손을 뻗었지만, 아빠가 빨랐다. 휴대폰은 현주 씨를 거쳐 다시 동우에게 넘어갔다.

나는 동우에게 달려들었다.

"무슨 짓이야?"

동우는 내 방을 뒤지다 못해서 이제 몰래 촬영까지 했다.

"이러고 놀아? 너, 아무나 막 찍고 그래?"

"아니거든! 날 뭘로 보고! 누나 영상도 이것밖에 없어. 아빠 보여 주려고."

아빠가 내 팔을 끌어다 의자에 앉혔다.

"아진아, 네가 이러는 거 안 지 조금 됐어."

"해미도 봤대. 계단에 앉아서 창밖에 대고 말하는 거."

현주 씨까지 나섰다.

"거짓말. 그 언니가 보긴 뭘 봐?"

옆집 언니가 봤을 리 없다. 언니를 우리 집 옥상에서 본 적은 있어도, 그 집 마당에서는 본 적 없었다.

"해미가 거짓말을 왜 하겠어? 2층 다용도실에서 우리 집 계단 창문이 보인대."

"아진아, 솔직히 말해 줄래?"

유치원생을 어르는 듯하는 아빠 말투가 거슬렸다.

내가 계단에 앉아 있는 게 더 이상 비밀이 아니라는 건 이미 알고 있었다. 현주 씨는 1층으로 내려오는 나에게 옥상 문단속을 시키곤 했는데, 그건 그동안 내가 놓친 것을 수습했다는 뜻이었다. 며칠 전 밤에는 현주 씨가 나를 부르러 2.5층으로 올라오기까지 했다. 어쩌면 그날 동우가 영상을 찍었을지도 모른다. 어찌 되었든 모르는 척 그냥 넘어가 주었으면 했다.

"혼잣말 아니야. 친구랑 이야기했어."

"친구? 누구?"

동우는 현주 씨 팔을 꼭 잡고 있었다. 내가 움직이면 바로 현주 씨를 방패로 삼으려는 것이다.

"양파 까는 친구 있어."

"누나 친구가 옆집에서 알바해? 남자? 여자?"

잔뜩 경계를 하면서도 호기심을 감추지 못하는 동우에게 단단히 경고했다.

"야! 나대지 말고, 그거 당장 지워."

아빠가 눈짓하자 동우가 재깍 동영상을 지웠다.

소란은 일단락되었지만 아이스크림은 다 녹아서 먹을 수 없었다. 나는 싱크대에 아이스크림을 포장째 던져 넣었다.

"아빠, 내일 일찍 갈 거지? 미리 안녕, 잘 가."

그것으로 끝난 줄 알았다.

다음 날, 아빠는 출근을 하지 않았다. 침대에 누워 있던 나를 식탁 앞으로 불러냈다.

현주 씨가 내 앞에 물컵을 내려놓았다.

"옆집 할머니가 그 집에 양파 까는 아이는 없대. 이달에 온 알바생도 며칠 못 가서 그만뒀고. 지금은 주방 아주머니 두 분과 배달 아저씨 세 분뿐이래."

"아진아, 아저씨들하고……, 친하니?"

나는 잠기운을 몰아내려고 선풍기 바람 세기를 강풍으로 바꿨다.

"아빠, 대체 무슨 생각 하는 거야?"

두 어른이 나를 지그시 바라봤다. 나를 압박하는 저 침묵, 내가 가장 싫어하는 아빠의 행동이었다.

나는 손거스러미를 괴롭혔다. 영상에서 본 나를 떠올리고 싶지 않았다. 창피함을 넘어 수치스러웠다. 기어이 왼손 검지에서 피를 봤다. 상처를 꼭꼭 누르다가 아빠와 눈이 마주쳤다. 말을 하지 않으면 그만 놔줘야 하는데, 묵묵히 대답을 재촉했다. 양손을 엉덩이 아래에다 깔고 앉았다. 침묵으로 숨통을 틀어쥐어도 먼저 말하지 않을 거다. 그렇게 결심했다.

현주 씨가 내 옆으로 옮겨 앉았다.

"양파 까는 친구가 밤에도 일하는 건 말이 안 돼. 할머니는 밤까지 알바생을 쓰지 않아."

"아진아, 너 혼자서 말하는 거지?"

아빠가 예고도 없이 훅 들어왔다.

나는 손바닥으로 얼굴을 마구 문지르며 짜증을 털어 냈다.
"혼자 아니야."
둘의 눈에 의심이 가득했다.
"그럼? 뭐가 보여?"
"너한테만 보이는 거야?"
어른 남매에게 치미는 화를 꾹 눌렀다.
"내가 원하는…… 내가 만든 캐릭터랑 놀아."
"그러니까 실은 옆집 마당에 아무도 없는데, 어떤 아이가 있다고 믿는 거네."
아빠가 천천히 고개를 끄덕여서 이해한 줄 알았다. 그런데 이미 몇 군데 병원을 알아보고 예약도 해 두었다고 했다.
"오늘은 우선 병원 상담 센터에 갈 거야."
"나도 하루 쉴게. 주문받은 물건도 없고 내일부터 세일이어서 오늘은 손님도 없을 거야."
상담만 받자, 가서 싫으면 돌아오면 된다, 멀지 않다. 둘이 합심해서 나를 설득했다.
스스로를 변호하는 건 거짓말밖에 안 되나 보다. 그래도 이대로 병원에 갈 수는 없었다. 나는 머리카락을 그러모아 고무줄로 꽉 잡아매며 잠을 완전히 털어 냈다.
"내가 뭘 어쨌다고 이러는 거야? 양파 까는 아이는 설정이야. 창밖 풍경이 중국집 뒷마당이잖아."
"너! 밤낮없이 혼자서 계단에 앉아 있잖아!"

틀리게 말하는 진심   177

"계단은 우리 집 아니야? 그냥 집에 있는 거야. 아빠도 거기 있어 봐, 나름 괜찮아. 밤에는 진짜 동굴 같아. 좁고 시원하고."

그때 방문이 벌컥 열리며 동우가 나왔다. 머리에 까치집을 짓고 나타나선 멋대로 지껄였다.

"헐! 계단 동굴, 완전 멋진데! 나도 생각해 둔 게임 캐릭터 있는데, 아지트를 계단 동굴로 할까?"

동우가 자신이 상상하는 캐릭터의 생김새와 능력치를 장황하게 늘어놓았다. 아무도 듣고 있지 않았지만 무거운 공기를 흩트리는 데는 도움이 되었다. 덕분에 잔뜩 구겨져 있던 아빠와 현주 씨의 미간이 조금 풀렸다.

"그런 거야? 요즘엔 다 이러고 놀아? 가상 캐릭터랑 대화하고 그러면서?"

포기는 아빠보다 현주 씨가 빠른 것 같았다. 얘기가 정리될 줄 알았는데 아빠에게도 집요한 면이 있었다.

"왜 있지도 않은 아이를 상상해? 캐릭터한테 무슨 말을 하는데?"

"어른들이 듣기 싫어하는 이야기."

빨리 벗어나려고 한 말이 역효과를 낳고 말았다.

가만히 식탁을 내려다보던 아빠가 내 앞에 놓인 컵을 들어 단숨에 물을 마셨다. 탁, 물컵을 식탁에 내려놓는 소리에 잠깐 풀렸던 공기의 흐름이 바뀌었다. 동우가 움찔하며 나를 돌아보았다.

"그게 뭔데? 아빠한테 말해 봐."

나도 물러서지 않았다.

"공부하기 싫은 거, 동우 때문에 짜증 나는 거, 여자들끼리 뭐 그런 얘기, 그리고……."

모두의 눈동자가 나를 향했다. 이렇게까지 주목받을 일인가. 꿀떡 침을 삼키고 용기를 냈다.

"엄마 이야기. 내가 누구한테 엄마 이야기를 하겠어? 친구들한테 우리 엄마 죽었다고 말할 수 없잖아! 아빠나 고모랑도 못 하는데 그럼 엄마 얘길 누구랑 해?"

내친김에 더 내질러 버렸다.

"아빠야말로 내가 엄마에 관해 물었을 때 제대로 대답해 준 적 있어? 더 크면 알려 준다, 나중에 말해 준다, 매번 미뤘잖아. 얼마나 더 커야 하는데? 이젠 묻기도 싫고, 듣기도 싫고, 말하기도 싫어!"

내 마음 어디에 이런 말들이 숨어 있었던 걸까? 나도 모르게 튀어나온 진심에 놀라 가슴이 세차게 뛰었다. 나를 뚫어지게 보던 눈길들이 하나둘 방향을 잃었다. 동우는 괜스레 허공을 두리번거렸고, 현주 씨는 식탁 위에 시선을 두었다. 가장 늦게 반응한 건 아빠였다. 내가 눈을 피하지 않으니 결국 아빠가 고개를 떨구었다. 턱이 가슴에 닿을 듯 목을 구부린 채로 한참 동안 그대로 있었다. 서로의 숨소리까지 들리는 침묵이 이어졌다. 한참 동안 입술을 달싹이며 할 말을 고르던 아빠가 나지

막힌 목소리로 말했다.

"그래……. 아진이도 동우도 충분히 컸어. 시간도 많이 지났고. 그 당시에는 너희 상처가 더 깊어질까 봐 조심한 거였어. 이제는 엄마에 관해 서로 물어보고 얘기하고 그러자. 아빠가 먼저 얘길 꺼냈어야 했는데 그러지 못해서 미안해."

아빠는 엄마에 관한 건 뭐든지 괜찮으니 하고 싶은 말을 해 보라고 했다.

"아! 진짜, 이게 말하라고 하면 곧장 다 말할 수 있는 거야? 시작, 하면 바로 나오는 얘기냐고! 아빤 그래?"

당장 말하고 싶은 것도, 묻고 싶은 것도 없었다. 그냥 나를 놓아주었으면 했다. 나와 동우를 번갈아 가며 살피던 아빠가 마디마디 끊어 가며 말을 이었다.

"아빠도 엄마 얘기 많이 하고 싶어. 미팅에서 처음 만나 결혼해서 산 세월이 17년인데, 할 이야기가 많지……. 엄마 젊었을 적 이야기, 너희 키우던 날들, 또 나이 들어서 하자고 미뤄 둔 일들도. 너희가 모르는 엄마 모습, 알려 주고 싶어. 그리고 나도……."

굳어 있던 아빠 얼굴이 허물어지고 있었다. 점점 내려가는 입꼬리가 그대로 흘러내릴 듯했다. 그걸 감추려고 아빠가 흠, 흠 하고 목소리를 가다듬었다. 아빠는 슬픈 것이다.

"나도 우리 딸, 아들 말고는 같이 얘기할 사람 없어. 아빠한테도 너희뿐이야."

내가 졌다. 아빠가 날 울렸다.

현주 씨가 코를 훌쩍이며 일어서자 그 자리에 동우가 앉았다. 덤덤한 표정이었다.

"누나, 엄마 얘기는 엄마 사진 보고 하면 돼. 그리고……, 나한테 하면 더 좋은데."

현주 씨가 동우 어깨를 토닥였다.

아빠는 미안하다고 했지만 나는 사과하지 않았다. 나도 아빠도 잘못한 게 없으니까, 서로에게 미안해할 필요가 없었다. 방으로 가면서 쐐기를 박았다.

"아빠, 나 정말 괜찮아. 얼른 회사 가."

"그렇게 말하는 사람치고 진짜 괜찮은 사람 없다던데?"

일관성 없는 초등학생을 무시하고 방문을 잠갔다. 좀 더 자기로 했다.

사람들은 종일 같이 있으면서도 진짜 마음을 꼭꼭 숨겼다가 혼자일 때 일기장에만 털어놓는다. 나도 그렇다. 땅과 하늘 그 어디에도 속하지 않은 2.5층은 내 일기장이다. 아이처럼 굴기엔 너무 멀리 왔고, 어른에 속하기엔 많이 못 미치는 내 위치와 닮아서일까. 나는 그곳에서 누구의 눈치도 보지 않고 속내를 털어놓았다. 무엇보다 너를 만날 수 있어서 좋았다. 너는 세 나일 때도 있었고, 엄마가 되기도 했고, 때로는 그 누구도 아니었다. 그래도 괜찮았다.

동우는 책장 중앙에 엄마 사진을 세워 두고도 현주 씨를 엄마라고 불렀다. 현실에서 안전장치를 찾은 것이다. 나는 동우보다 세상에 더 많이 스며들어 있다. 이런 걸 두고 어른들은 철이 들었다고 말하는 모양인데, 다 뭘 모르고 하는 소리다. 넌 나의 안전장치다. 무엇을 털어놓아도 진심이 왜곡되거나 모자랄까 봐 걱정하지 않아도 되는 나만을 위한 존재다.

아빠는 내가 너를 2.5층 계단에서만 만나는 게 아니라는 것을 알고 있을까. 진규와 구안동에 가면서 장미꽃에 대한 기억을 꺼냈을 때, 너는 아무도 아니었다. 그래서 마음껏 이야기할 수 있었다. 진규가 나를 이상하게 보아도 어쩔 수 없었다.

누군가가 사라지고 빈자리가 생기면 대단한 변화가 있을 줄 알았다. 엄마 없이 남겨진 우리 가족이 금방 망가질 줄 알았다. 하지만 우리 집 시계는 고장 나지 않았다. 그건 엄마의 죽음 다음으로 큰 충격이었다. 여전히 아빠는 일찍 출근했고, 나는 지각하지 않으려고 교문을 뛰어서 통과했다. 달라진 건 할머니가 다친 것이었다. 미끄러져서 허리를 다친 할머니는 병원에 있다가 요양원으로 갔다. 또 다른 변화는 우리가 이사를 한 것이었다. 엄마가 있었다면 이런 일은 일어나지 않았을 것이다. 어쩌면 사람의 빈자리로 인한 변화는 후폭풍처럼 뒤늦게 오는지도 모르겠다.

며칠 전 진규에게도 말했다. 세나의 죽음으로 달라진 건 아무것도 없다고.

"다 그대로인 게 슬프긴 한데……."

진규는 그게 당연한 것 같기도 하다고 했다. 사람이 죽을 때마다 뭔가 달라진다면 세상은 온통 구덩이투성이가 될 거라고. 나를 위해서 이런 말도 했다.

"아무래도 처음이 가장 아프지 않을까? 첫 통증이 다음 주먹을 끌어안거든. 뭐든 처음이 강렬하잖아."

"뭐가 처음인데?"

"너 말이야, 가까운 사람이 죽은 거."

"난 처음이라고 한 적 없는데."

당황한 진규가 "그럼?" 하고 물었다.

진규에게 답을 하려면 시간이 조금 더 필요했다.

20.
방학의 끝은 스릴러

내일이면 개학이다. 방학 동안 여름을 부지런히 실어 날랐다. 지구가 도는 것에 힘을 보태는 것도 오늘이 마지막이다. 새벽에 자전거 페달을 밟을 때마다 생각했다. 미래는 이 길 너머에 있다고. 숨차게 오른 길이 내리막으로 이어지듯, 힘겨운 날들을 통과하면 난이도 낮은 휴식 같은 시간과 만날 수 있을 거라고. 자전거 바퀴를 굴려서 지구의 자전 속도를 높인다면 버거운 시간들도 빠르게 지나갈 거라는 기대가 있었다.

그 바람이 이루어졌냐면…… 어떤 면에서는 그런 것 같았다. 새벽 자전거 덕분에 여름과 방학과 불면을 견뎠으니까.

현주 씨가 세 번쯤 물었다. 도대체 새벽에 어딜 가는 거냐고. 그때마다 쏘아붙였다. 숨기고 싶은 걸 들키면 나도 모르게 뾰족해졌다.

"당연히 놀러 가는 거지! 설마 공부하러 가겠어?"

어이없어하는 현주 씨 표정을 보면 살짝 미안하기도 했다.

아빠는 새벽에, 그것도 혼자서 자전거로 동네를 돌아보고 왔다는 나를 기이한 생명체를 보듯 했다. '너'와의 대화를 믿지 않은 것처럼 이것 또한 믿으려 하지 않았다. 아빠에게는 나를 상담 센터에 데려가야 할 이유가 하나 더 생긴 것이다.

자전거를 끌고 나오는데 바퀴에서 달그락 소리가 났다. 제뉴 앞에다 자전거를 세우고 살펴보니 바큇살에 게임 캐릭터 볼이 끼워져 있었다. 바퀴가 구를 때마다 그것들도 분주히 움직였다. 이런 복고가 유행이라던 동우 짓이었다.

그때 누가 어깨를 툭 건드렸다. 놀라 돌아보니 해미 언니였다. 언니가 검지를 입술에 대고 "쉿!" 하며 제뉴를 가리켰다. 문을 열어 달라는 뜻이었다. 비밀번호를 누르고 문을 열자 언니가 나에게도 들어오라고 손짓했다. 제뉴에서 복도로 들어가는데 현주 씨가 현관을 나왔다. 두 사람은 머리를 맞대고 있다가 제뉴 문을 두드리는 소리에 고개를 번쩍 들었다. 현주 씨가 나가 보려는 나를 말렸다. 해미 언니는 어쩔 줄 몰라 하며 뒷걸음질을 쳤다.

현주 씨가 시간을 끌다가 제뉴로 나가자마자 나는 해미 언니를 계단으로 이끌었다. 자꾸만 아래를 내려다보는 언니의 등을 떠밀며 옥상까지 몰았다. 문을 닫고 그 앞에 흙이 든 묵직한 화분 두 개를 끌어다 놓았다. 곧바로 현주 씨에게 메시지로 우리의 위치를 알렸다.

바닥에 주저앉아서 숨을 가다듬는데, 해미 언니가 갑자기 바지 허리춤으로 손을 집어넣었다. 민망해 고개를 돌리는 나에게 여권을 불쑥 들이밀었다. 언니는 오늘 홍콩으로 돌아갈 거라고 했다.

"홍콩이요?"

엉뚱한 곳에서 꺼낸 여권도 모자라 난데없이 홍콩이라니?

"결혼 전까지 홍콩에서 살았어."

"언니, 한국 사람…… 맞죠?"

언니는 내 질문이 더 엉뚱하다고 했다.

나는 언니와 나란히 앉아서 설명을 들었다. 유튜브에서 볼 수 있는 드라마 요약본 같은 이야기였다.

언니는 엄마와 단둘이 살다가, 엄마가 재혼을 하는 바람에 고등학생 시절의 절반은 혼자 살았다. 자신이 끝까지 고집을 부린 것이라고 강조했다. 졸업 후에는 엄마에게 짐이 되기 싫어서 고모가 있는 홍콩으로 갔다. 고모가 아는 한국 식당에 취직을 할 수 있는 기회가 주어졌기 때문이기도 했다. 그곳에서 주방 설거지부터 시작해 나중에는 매니저 자리까지 올랐다.

"나도 고모랑 살아서인지 너를 보면 그때가 생각나."

"홍콩에 살면서 어떻게 금성각 아저씨를 알게 됐어요?"

할머니와 언니의 고모는 사돈의 팔촌보다 먼 친척이었다. 할머니가 언니를 무척 아끼는 것을 보고 고모가 결혼을 권했다.

"지금도 잘해 주셔. 어머니를 생각하면 이러면 안 되는데⋯⋯. 그런데 생각해 보면 중식당에는 식당 매니저 경력을 가진 며느리가 필요했던 것 같아."

언니는 자신이 오해를 하고 있는 걸지도 모른다며 씁쓸하게 웃었다.

그때 금성각 옥상에서 소리가 났다. 고개를 빼꼼 내밀어 살펴보니 둘째 아들이 나와 있었다. 언니를 찾으러 옥상까지 올라왔다. 우리는 재빨리 문을 막은 화분 옆에 바짝 붙었다. 금성각에서 보이지 않는 위치였다. 언니가 내 팔짱을 꼈다. 언니 심장이 쿵쿵 뛰는 게 느껴졌다. 나보다 더 무서워하는 게 당연했다. 슬리퍼 끄는 소리가 멀어졌다 가까워졌다 하는 걸 보니 둘째 아들이 옥상을 이리저리 헤매고 있는 것 같았다. 전화를 하는지 엄마를 부르며 해미 언니를 들먹였다.

조금 있으려니 울음 섞인 할머니 목소리가 들렸다. 할머니까지 왔다.

"동네 사람 다 깨겠다. 또 신고 들어가면 어쩔 거야?"

그 말을 들은 언니가 후다닥 휴대폰을 꺼내며 벨 소리를 끄라고 했다.

나는 다시 고개를 살짝 내밀었다. 도로 쪽을 내려다보는 둘째 아들의 등이 보였다.

"언니, 아저씨 다리가 나았어요?"

"아냐, 아직 깁스하고 있어."

언니는 어딘가로 급히 메시지를 보냈다. 나는 둘째 아들이 옥상에 있을 때 재빨리 아래로 내려가는 게 좋을지, 이대로 버티는 게 좋을지 따져 보았다.

우리가 앉아 있는 곳 정면은 동물병원 옥상 출입구 뒷벽이었다. 화단에서 뻗어 나온 덩굴이 가로등 기둥과 벽을 덮고 이제는 CCTV 안내 표지판까지 삼킬 기세였다.

"이것 봐, 손 사장. 우리 아들이 그 집 옥상으로 가겠대. 기어코 거길 봐야겠다네."

현주 씨와 통화하는 할머니의 목청이 갈수록 높아졌다. 조금 전 아들을 단속한 걸 잊었는지, 한껏 격앙되어 이웃들을 몽땅 깨우려고 했다.

"응? 아니지. 가도 그리로 가야지. 손 사장하고 같이 가면 주거 침입은 아니니까. 맞지?"

할머니는 억지라는 걸 알면서도 아들의 잘못을 줄이기 위해 뻔뻔해지기를 택한 것 같았다.

언니는 눈을 질끈 감았다. 조금 있으면 둘째 아들이 여기로 오게 생겼다. 나는 경찰에 신고하겠다고 했다.

"방금 신고했어."

또 한 번 언니에게 놀랐다. 지난번에 아저씨가 2층에서 떨어진 날에도 자기가 신고한 거라고 덧붙였다.

"어머니 방으로 도망쳤을 때, 마침 방에 어머니 휴대폰이 있더라고."

그때 처음으로 언니는 가정 폭력을 신고했다.

"경찰이 그랬어. 일이 생기면 무조건 신고하래. 그게 빠르대. 어차피 이웃에서 신고가 들어온다고."

통쾌했다. 언니는 당하고만 있지 않았다. 내 예상보다 훨씬 용감했다. 용기도 전염되는 걸까? 갑자기 기운이 났다.

그때 언니가 휴대폰을 든 손으로 앞을 가리켰다. 동물병원 가로등이 켜졌다 꺼지기를 반복했다. 빠르게 또 느리게, 멋대로 깜빡이는 게 리듬을 타는 것 같기도 했다. 가로등에서 눈을 떼지 못하고 있는데, 갑자기 덩굴로 덮인 벽 옆으로 동물병원 아저씨가 얼굴을 내밀었다. 곧장 우리와 눈을 맞추더니 고개를 끄덕인 뒤 다시 사라졌다. 뭔지 몰라도 저건 신호였다.

곧 장독대 자리로 물줄기가 떨어졌다. 평소 동물병원 아저씨가 우리 집으로 물을 뿌린 적은 없었다. 지금은 일부러 고무호스를 높이 치켜들어서 멀리까지 물줄기를 보내는 것이었다.

잠시 후 동물병원 아저씨 목소리가 들렸다.

"갔어요."

나는 살그머니 일어나 금성각 옥상이 빈 것을 확인했다. 경찰보다 먼저 금성각 가족과 옥상에서 맞닥뜨릴 수도 있다는 의미였다. 동물병원 옥상 쪽으로 다가가자 아저씨가 손짓을 했다.

"여기로 건너오세요."

아저씨의 목적은 바로 이것이었다. 물줄기로 두 명을 쫓아내고 우리를 부르는 것. 아저씨가 재차 오라고 했고, 언니는 가겠다고 했다.

"언니, 여긴 금성각에서 우리 집으로 넘어오는 것하고는 달라요."

언니가 웃을 듯 말 듯한 표정으로 나를 봤다. '그래, 내가 그랬지.'라는 뜻인 듯했다.

나는 언니를 장독대 가장자리로 이끌어 한 팔 간격으로 떨어져 있는 건물 사이의 거리를 확인시켜 주었다. 아래의 빈 땅에는 키 큰 잡초 사이사이에 쓰레기들이 널브러져 있었다.

맞은편에서 아저씨가 화단을 밟고 올라서더니 나뭇가지를 벌려서 공간을 만들어 주었다.

"아래는 내려다보지 말고, 나를 보면서 힘차게 뛰세요. 내가 잡을게요."

언니가 옥상 문을 돌아보았다. 당장이라도 화분이 넘어가고 벌컥 문이 열릴 것만 같아서 마음이 조마조마했다. 말리기는 했지만 사실 언니는 어디로든 도망쳐야 했다.

어느새 언니는 아저씨가 넘겨 준 접이식 의자를 펼쳐서 담에 바짝 붙였다. 내 어깨를 잡더니 망설임도 없이 한 발은 의자에, 또 한 발은 담 위에 올려놓았다. 그러면서도 자꾸만 옥상 문을 힐끔거렸다.

"앞을 보세요!"

단호한 아저씨 말에 우린 정신을 차렸다. 잡아 주려고 언니 다리를 끌어안았는데 언니가 기우뚱 흔들렸다. 아저씨가 재빨리 언니 손목을 붙잡았다.

"학생은 손을 떼요!"

다행히 옆집은 방부목으로 된 화단 벽이 담과 같은 높이로 붙어 있어서 발을 내려놓기에 충분히 넓었다. 며칠 전에 내가 해 봐서 안다.

아저씨가 셋을 셌다. 언니가 내 어깨를 밀치며 뛰는 것과 동시에 아저씨가 언니를 끌어당기며 몸을 틀었다. 언니는 아저씨 뒤로 빙그르르 돌며 안쪽으로 쓰러졌다.

곧이어 아저씨가 나에게도 건너오라고 했다.

"저요? 왜요?"

언니는 당연히 나도 와야 한다고 했다. 말보다 눈빛이 더 간절했다. 생각해 보니 그럴 만도 했다. 내가 아니면 언니는 모르는 남자와 낯선 공간에 둘만 남겨지게 되는 것이다. 낯선 곳에서는 혼자보다는 둘이 있는 게 낫다.

주인이 보고 있으니 몰래 옥상을 넘을 때보다 더 신경이 쓰였다. 아저씨가 셋을 세는 소리에 맞춰서 아래를 보지 않고 훌쩍 뛰었다. 몸이 앞으로 쏠리며 아저씨 팔에 턱을 부딪쳤다. 나뭇가지가 부러지는 소리가 났다. 쓰러지려는 나를 언니가 안다시피 받아 줬다. 바닥으로 내려서고 보니 식물들이 꺾이고 밟혀서 엉망이 되어 있었다. 아저씨는 괜찮다고 했지만 속마음은 아닐 것이다.

안도의 한숨을 내쉬는데 언니가 대뜸 휴대폰 화면을 보여 주었다. 항공사 어플에는 오늘 날짜로 낮 1시 50분에 출발하는 항공권이 예약되어 있었다.

여권에 항공권까지…… 뭔가 딱딱 맞아떨어졌다. 언니와 현주 씨가 함께 일을 벌인 게 분명했다. 휴대폰이 짧게 진동했다. 현주 씨가 동물병원 문 앞에 놓인 가방을 사진으로 찍어 보냈다. 조금 전 해미 언니가 제뉴로 들어올 땐 빈손이었다. 가방을 현주 씨가 가지고 있었다면, 둘이 모의를 했고 오늘을 디데이로 잡은 게 확실했다.

아저씨가 "갑시다." 하고 계단을 내려갔다. 이 집 계단은 좁지도 어둡지도 않았고, 투박한 시멘트 난간도 없었다. 가게를 통하지 않고도 밖으로 나가는 출구가 따로 있었다.

잠시 후 아저씨가 차를 가지고 왔다. 문 안쪽에서 기다리던 언니와 나는 재빨리 뒷좌석에 올랐다. 언니 가방은 이미 뒷좌석에 실려 있었다. 유턴을 하는 차 안에서 금성각 앞에 정차해 있는 경찰차를 보았다. 현주 씨가 어쩌고 있을지 궁금했다. 게다가 이 새벽에 공항이라니, 아빠가 알면 또 펄쩍 뛸 것이다.

언니는 가방에서 꺼낸 크로스 백에다 여권을 넣어 어깨에 멨다. 공항까지 가야 하는 줄 알았는데 공항버스가 서는 곳이면 된다고 했다. 자동차는 동네에서 멀리 떨어진, 공항버스가 고속도로로 진입하기 전 마지막으로 정차하는 정류장에 섰다. 우리는 버스가 올 때까지 기다렸다.

언니가 조곤조곤 인사를 전했다. 우선 도움을 준 아저씨에게 몇 번이나 고개를 숙였다. 계속 인사를 받는 게 어색했는지 아저씨는 음료수를 사 오겠다며 차에서 내렸다.

언니는 현주 씨에게도 인사를 전해 달라고, 공항에 도착하면 꼭 전화하겠다고 했다. 그리고 용기를 주어서 고맙다고도 했다.

"현주 씨, 아니 고모한테 그렇게 전할게요."

"현주 언니 말고 너한테도 고맙다고."

조금 머뭇거리던 언니가 파일케이스에 있던 인쇄물 이야기를 꺼냈다.

"너와는 관련 없는 사람들이라고 했지만, 그것들을 모아 둔 이유가 있겠지. 무엇 때문인지 모르지만 네가 거기에 얼마나 심취해 있는지는 알아. 계단에서 인쇄물을 읽고 체크하고, 울었잖아. 꽤 자주."

언니가 내 손을 끌어다 잡았다.

"한동안 그 기사들이 머릿속을 떠나지 않았어. 어느 날 그것들과 비슷한 뉴스를 보다가 깨달았지. 119에 실려 가는 게 언젠가는 내가 될 수도 있겠다고, 뉴스에 피해자로 이름이 날지도 모른다고……. 네가 계단에 앉아서 내 기사를 읽을 걸 상상하니까 너무 무서웠어."

언니는 코를 훌쩍이며 말을 이었다.

"이대로는 도저히 안 된다는 걸 알면서도 용기가 통 안 생겼어. 선택한 길을 버릴 용기, 현실에서 도망칠 용기. 사람들이 나에게 인내심이 없다고, 실패했다고 말할 것 같았어. 그때 네가 나한테 다이어리를 줬어. 이상하게 뭐든 해야겠다는 결심이 서더라. 그래서 네 말대로 이제 나는 소중한 걸 지키기로 했어."

지금 언니에게 가장 소중한 건 자신이라고 했다. 자기를 보호하는 건 엄마 같기도 하고 언니 같기도 한 홍콩 고모도 아니고, 언니를 딸처럼 여긴다는 금성각 할머니도 아니라고 했다.

"그동안 나는, 못난 내가 창피해서 스스로를 외면했어. 이젠 나도 알아. 내가 아니면 아무도 나를 지켜 주지 않는다는 걸."

언니는 공항버스에 오르기 전, 내 손에 봉투 하나를 쥐여 주었다. 용돈인 줄 알고 거절하려다가, 봉투에서 딱딱하고 가느다란 막대가 만져져서 고맙게 받았다.

동물병원 아저씨의 차를 타고 집으로 돌아오는 길은 예상했던 것보다 더 어색했다. 4년째 이웃으로 살면서 오늘에야 제대로 아저씨를 마주했다. 간략한 신상 정도는 물을 만한데 아저씨는 아무것도 묻지 않았다. 사람보다 동물과 잘 지낸다는 소문은 사실인 것 같았다. 그래도 우리를 도와준 것을 보면 따뜻한 심성을 가진 분이었다. 차에서 내리며 인사를 하자 아저씨도 정중하게 묵례했다.

Closed 안내판이 걸린 제뉴 문 앞에 섰다. 어느새 새벽은 온데간데없이 사라져 버리고 아침 해가 쨍쨍했다. 10시도 채 안 되었는데, 하루를 몽땅 끌어다 쓴 느낌이었다. 예고 없이 닥친 회오리바람에 휩쓸려 이리저리 떠돌다가 간신히 제자리에 내려앉은 기분이었다.

해미 언니를 공항버스에 태워 보내기까지의 상황을 낱낱이 보고한 뒤 현주 씨에게 단단히 말했다.

"아무리 이웃이라도 이건 아니지. 가장 피해를 보는 게 바로 우리야. 왜 참아야 해? 진작 신고를 해야 했어."

"당연하지. 걱정 마, 우리 가족은 내가 지켜. 할머니에게 딱 잡아뗐지만 그동안 옆집 신고한 거 나야."

현주 씨는 신고를 한 번도 빠뜨리지 않았다면서 '나, 잘했지?' 의기양양한 표정을 지었다. 이건 해미 언니도 모르는 사실이라고 했다. 오늘은 할머니와 둘째 아들이 너무 빨리 들이닥치는 바람에 신고가 늦어진 것이었다.

그리고 나에게 정말 미안하다고 했다. '정말'까지 붙인 사과니까 통 크게 받아 주기로 했다.

"괜찮아, 나름대로 의미 있는 시간이었어."

방학이 뜻밖의 사건을 겪으며 끝나 가지만 해미 언니를 도울 수 있어서 좋았다. 언니의 탈출을 꾸민 현주 씨가 멋져 보이기도 했다.

제뉴를 나와 집으로 들어가려다가 복도에 있는 자전거를 보고 깜짝 놀랐다. 바퀴가 뒤틀리고 킥스탠드가 부러진 자전거가 벽에 불안하게 기대어져 있었다. 새벽녘 튜닝 볼을 때려다 해미 언니를 따라서 제뉴로 들어갈 때까지만 해도 자전거는 멀쩡했다.
"이거 왜 이래? 누가 이랬어?"
"누구겠어? 할머니가 물어 주신댔어."
"이거 진규 거라고!"
"그래서 미리 미안하다고 했잖아. 괜찮다며?"
"자전거 얘긴 줄 몰랐지!"
나를 해미 언니 일에 다짜고짜 끌어들여서 미안하다고 한 줄 알았다. 현주 씨와 한바탕 말씨름을 하고 방으로 돌아왔다.
마침내 혼자가 되었다. 봉투에 붙은 스티커를 떼었다. 안에 든 것은 지난번에 일기장과 함께 금성각 마당에 떨어뜨리고는 찾지 못한 볼펜이었다. 메모지도 한 장 들어 있었다. 내가 다이어리와 함께 언니에게 써 준 것이었다.

언니가 좋아했으면 해요.
예전처럼 아끼길, 지키길 바라요.
분명 둘 곳이 있을 거예요.

메모 뒷장에 언니의 답장이 있었다. 언니의 글씨는 작고 동글동글했다.

나를 둘 곳, 지킬 곳으로 가려고 해.

아진이도 소중한 것들을 지켰으면 좋겠어.

꼭꼭 그랬으면 해.

분명 방법이 있을 거야.

21.
나를 감싸는 빛무리

저만치 앞에 보희가 가고 있었다. 개학을 한 후 학교에서 마주칠 때마다 싫은 티를 팍팍 냈다. 처음엔 불쾌했는데, 시간이 지나면서 언짢은 정도로 마음이 누그러졌다. 그런데도 자꾸만 눈에 띄는 걸 보면, 내가 보희를 의식하는 게 확실했다. 오늘도 머리를 올려 묶은 보희 뒤통수를 아이들 무리에서 잘도 찾아냈다. 아무리 무시하려 해도 내 마음까지 외면할 수 없었다. 망설이던 일을 해치우기로 했다. 뛰어가서 보희를 불러 세웠다.

"휴대폰 번호 줘."

보희는 어리둥절한 표정으로 번호를 불렀다.

바로 사진을 전송했다. 세나의 네 컷 사진을 휴대폰으로 찍은 것이었다.

"세나 보고 싶을 때 봐."

보희는 고맙다며 사진을 물끄러미 바라보았다. 나는 등을 쭉 펴고 성큼성큼 앞서갔다. 이게 내가 할 수 있는 최선이었다. 더 이상 서로에게 서걱거리지 않기를 바랐다.

해미 언니의 탈출에 동참해서인지 나는 전보다 담대해졌다. 무엇보다 소중한 것을 지키라는 해미 언니의 메모가 나를 일깨웠다. 작년에 이어 올여름 방학에도 혼자일 거라고 여겼다. 따개비를 지고 구석진 곳에 덩그러니 있는 나, 그게 내 현실인 줄 알았다. 그렇게 내가 나만 보고 있는 사이, 주위 사람들은 각자의 방식대로 자신의 빛을 나에게 비추어 주고 있었다. 그걸 이제는 안다.

내가 어둠에 묻히지 않은 것은 사방에서 실뿌리처럼 가느다랗게 뻗어 오는 무수한 빛줄기 덕분이었다. 그들은 기꺼이 내 등에 붙은 따개비를 떼어 줄 준비가 되어 있었다. 빛을 향해 길을 잡는 것은 오직 나의 몫이었다. 내가 지켜야 할 것 또한 그 빛들이었다.

그중에서도 은제를 빼놓을 순 없었다. 좋아하는 이를 잃고 뒤늦게 후회하는 일을 되풀이해선 안 된다. 겁쟁이가 세상을 향한 호기심으로 옥상을 뛰어넘었듯이 그 배짱으로 은제에게 먼저 마음을 열기로 했다. 은제도 알고 있었다. 서로의 마음이 어긋나 있다는 것을, 내가 예전과 같지 않다는 것을. 우리는 겉으로만 화해한 상태다.

은제는 개학을 하자마자 선배와 끝났다. 사귄 시간보다 혼자서 고민한 시간이 더 길었다. 털어놓고 싶은 말이 차고 넘쳐서 고구마 100개를 입안에 욱여넣은 심정으로 견디고 있을 것이다. 상황을 아는 내가 나설 차례였다. 노력하지 않고 은제와 우연히 만날 가능성은 1퍼센트밖에 안 된다.

집으로 가며 전화를 했다.

"학원 다 왔어? 선배 마주쳐도 괜찮아?"

이럴 때일수록 제삼자는 가볍게, 하지만 물을 건 묻고 넘어가야 자연스러웠다.

"나 멀쩡해. 사귀었다고도 할 수 없어. 내 연애 경험 횟수로 꼽지 않을 거야."

"오! 괜찮은 복수인데."

"대신 고백 받은 횟수에는 넣으려고. 사실이잖아."

실패한 경험을 유쾌하게 넘기려는 은제의 노력이 느껴졌다. 우리는 거리를 두고 서먹하게 지내는 동안에도 자기만의 방식으로 어른이 되어 가고 있었다. 은제는 또 할 이야기가 있다며 이번엔 내가 다니는 학원 앞으로 오겠다고 했다.

다음 날, 우리는 함께 저녁을 먹었다. 편의점에서 사 온 도시락과 컵라면, 그리고 복숭아 아이스티를 공원 벤치 위에 풀어 놓았다.

은제가 할 이야기를 짐작해 보았다. 선배가 인성 쓰레기였다, 짧은 만남에 스킨십이 있었다, 그것도 아니면 삼각관계였다 등등……. 나의 추측은 모두 틀렸다.

"나, 누구랑 닮았어?"

은제가 다짜고짜 휴대폰으로 가족사진을 보여 주었다. 그러고 보니 사진으로라도 은제네 가족 모두를 보는 건 처음이었다.

"넌……, 엄마 닮았어. 언니보다는 오빠랑 더 닮은 것 같고."

은제가 쳇, 하며 휴대폰 화면을 껐다.

"두 남매랑은 엄마, 아빠가 다른데 어디가 닮았냐?"

놀라고 당황해서 "엉?" 하고 되물었다.

"엄마는 내 친엄마, 아빠는 오빠와 언니 친아빠. 나 일곱 살 때."

그러니까 은제 엄마는 아들딸이 있는 아저씨와 재혼을 한 것이다.

"가족들이 싸울 때마다 엄마가 이혼할까 봐 겁나. 겨우 이 가족에게 적응이 됐거든. 이제 아빠는 그냥 아빠지, 새아빠 아니거든. 겉으로는 툴툴대지만 오빠랑 언니도 좋아. 아르바이트하면 가끔 용돈도 줘."

나는 "아, 정말? 그랬구나." 하며 은제 말에 귀를 기울였다.

"뭔가 어른들 낌새가 이상해? 그래서 불안한 거야?"

"아니, 이혼할 것 같지는 않아. 내 상태가 그렇다고. 어른들이 싸우면 이혼이 먼저 떠올라."

은제는 긴 한숨으로 이야기를 마무리하곤 나를 빤히 바라보았다.

"나는 됐고, 이제 네 차례."

나에게도 감추고 있는 것을 내놓으라는 것이었다. 우리가 껄끄러워진 진짜 이유를 알고 있다고 했다. 은제가 가족의 비밀을 꺼낸 건 내 속사정이 듣고 싶어서였다.

"세나 때문이지? 그 정도 눈치는 있어. 저번에 애들이랑 있을 때 나도 분위기에 휩쓸려서 말은 했는데, 계속 마음에 걸렸어. 네 앞에서 그렇게 말하면 안 되는 거였는데."

나는 말없이 남은 음식을 마저 먹었다. 은제는 그런 나를 기다려 주었다. 아이스티까지 마시고 세나의 일을 털어놓았다. 작년 여름이 시작될 무렵 함께 쇼핑몰에 갔던 일과 여름이 끝나기 전에 세나의 죽음을 알게 되었다는 것도. 짧고 간결하게 사실만 전하려고 했지만 담담하게 말하기가 어려웠다. 진규에게 말해 봐서 이번엔 괜찮을 줄 알았는데 또 목소리가 떨렸다.

은제는 표정을 일그러뜨리며 손으로 입을 막았다. 세나 이야기에 충격을 받은 것이다.

"정말 그런 줄도 모르고. 난 아무것도 모르고……."

"아이들이 세나에 대해 가볍게 말하는 게 싫었어. 다시 소문이 도는 건 더 싫고. 무엇보다 말할 용기가 없었어."

누군가에게 세나의 죽음을 알리는 건 네가 처음이자 마지막일 거라고 말했다.

세나가 학교에 오지 않는 동안 남자 어른과 만나는 걸 봤다는 소문, 약국에서 약을 샀다는 소문이 학교 안을 떠돌아다녔다. 진규가 할머니에게서 들은 건 더위에 탈진해서 다시 일어나지 못했을 거라는 추측이었다. 모두 실체 없는 소문과 추측일 뿐, 진실은 아무도 모른다. 세나가 가지고 갔다.

세나 이야기를 숨긴 나보다 은제가 더 미안해했다.

"사실 작년에 네 걱정 많이 했어. 기억나? 내가 전화할 때마다 괜찮냐고 물었던 거? 학원도 그만두고, 연락해도 시큰둥, 빨리 끊으려고만 했잖아."

"내가 그랬나?"

"세나 때문이라고 짐작은 했어. 사물함을 열려고 할 때부터 심상치 않았거든. 내 속이 얼마나 탄 줄 알아? 네 눈치 보여서 꼬치꼬치 캐묻지도 못했어. 이번 방학에도 그러기에 또 뭔 일이 있는 줄 알고 걱정했어."

그건 불면증 때문이라고 솔직하게 답했다.

"그것도 세나 생각하느라 그런 거지?"

대답 대신 은제 어깨에 얼굴을 기대며 팔짱을 꼈다. 은제가 슬며시 팔짱을 풀더니 내 손을 꼭 잡았다. 맞잡은 손의 온기만으로도 은제의 마음이 전해졌다. 나를 걱정했을 은제, 나를 위해 먼저 비밀을 털어놓은 은제, 차가운 마음속을 데워 주는 은제. 은제 어깨에 뺨을 비비며, 바람 하나를 슬쩍 내비쳤다.

"세나는 편안하겠지?"

은제가 고개를 끄덕였다. 한동안은 잠들기 전에 세나와 나를 위해서 기도할 거라고 했다.

"나, 오늘 푹 잘 수 있을 것 같아."

나는 털 뭉치처럼 포근해지고 있었다. 더워도 이대로 은제와 붙어 있고 싶었다.
"나는 울 아진이 생각을 좀 하다가 잘 것 같아. 아진아, 잠이 안 오면 언제든지 전화해. 하고 싶은 이야기는 뭐든 말해, 비밀은 무조건 지킬게. 우리 가족을 걸고."
"박은제, 네 맹세에 담보 잡힌 가족들은 뭔 죄냐?"
"좀 그런가?"
헤헤, 은제가 웃었다.
우리는 각자의 마음을 덜어 내어 상대에게 주었다. 스스로에게서 가벼워진 만큼 서로를 위해서는 묵직해졌다.
분위기를 바꿔서, 식물과 고양이를 보려고 옆집 옥상으로 건너갔다 온 얘기를 들려주었다. 은제 반응이 뜨거웠다. '미쳤다, 영화를 찍었다.' 하며 비명을 질렀다.
"그 집은 옥상 정원만 꾸민 게 아니었어. 계단에 청색 타일이 깔려 있고 조명까지 있어. 분위기 장난 아니야."
동물병원 계단 바닥에 깔린 조명을 보고 집의 인테리어 수준을 짐작할 수 있었다. 아저씨는 옥상 식물을 지극정성으로 돌보는 만큼 집 꾸미기에도 진심이었다.
"옥상을 넘어가서 건물 안까지 들어간 거야?"
"엉? 아니, 절대 아니지. 그건 무단 침입이야!"
뱉고 보니 그날 금성각 할머니가 한 말이었다. 어수선했던 그 새벽에 무단 침입이란 말이 귀에 꽂혔던 것이다.

그 집 안까지 들어갈 수 있었던 해미 언니의 탈출기는 다음에 얘기해 줄 생각이다. 탈출기 전에 풀어야 할 배경 설명이 꽤 기니까. 이렇게 속엣것을 하나씩 꺼내다 보면, 언젠가 현주 씨가 엄마가 아니라는 것도 털어놓을 기회가 올 것이다.

22.

그건 아마 너일 거야

추석 연휴가 시작되는 날, 우리는 할머니를 만나러 요양원에 갔다. 할머니는 여전히 걷는 게 불편했고 정신 또한 맑지 못했다. 지난번처럼 현주 씨에게 누구냐고 물었다. '고모'라고 해도 자꾸만 아빠와 언제 결혼을 하느냐고 다그쳐서 모두를 곤란하게 했다. 나와 동우에게는 요플레를 주며 먹으라고 했는데, 그 순간에는 우리를 알아보는 것 같기도 했다. 침대 옆에는 우리가 주고 간 가족사진과 카드 들이 붙어 있었다.

엄마가 있는 추모 공원에도 갔다. 입구에 즉석 사진 자판기가 생겼다. 사람들이 사진 찍는 것을 보더니 동우가 우리도 하자고 했다. 엄마 유골함 앞에 즉석 사진과 동우가 만든 점토 인형을 두었다. 아빠가 엄마에게 하고 싶은 말을 하라고 했다. 우리가 멀뚱히 서 있자 현주 씨가 먼저 나섰다.

"언니, 애들 잘 먹고 잘 커. 그거면 됐지, 뭐. 그 덕에 나도 잘 먹어. 이사 오고 7킬로그램이나 쪘어. 이제 언니가 부러워할 몸매 아니야. 아줌마 같은 게 아니고 그냥 아줌마가 됐어."

동우가 실실 웃으며 현주 씨를 보았다. 현주 씨에게 아줌마 같다고 한 건 동우였다.

"엄마, 엄마 20대일 적 사진 봤는데, 누나 교복보다 더 짧은 치마 입고 있더라. 솔직히 난 고모가 엄마보다 예쁜 줄 알았는데, 예전 사진 보니까 엄마가 훨씬 더 예뻤어. 아니, 예뻐."

고모가 눈을 흘기자 동우가 어깨를 들썩이며 낄낄 웃었다. 아빠가 잠자코 있는 내 어깨에 살포시 손을 올렸다.

"아진아, 엄마가 네 목소리도 듣고 싶어 할 거야."

엄마 앞에 설 때마다 정말이지 머릿속이 하얘진다. 첫말을 고르는 게 어려웠다. 그런데 오늘은 생각지도 못한 말들이 나왔다.

"엄마, 보고 싶은데 언제 내 꿈에 올 거야? 매일 오면 좋은데, 요즘 너무 뜸해. 오늘 시간 되면 동우보다 나한테 먼저 와. 둘이서만 할 얘기 있어. 가을 오고 추워진다고 혼자 쓸쓸해하는 거 아니지? 엄마는 여전히 우리의 중심이야. 그거 잊지 마."

다음 말은 속으로만 했다.

'우리가 따뜻하게 안아 줄게.'

아빠를 향해 됐지? 하는 신호를 보냈다. 아빠는 웃는 것도 우는 것도 아닌 이상한 표정을 지으며 손수건으로 안치단 유리를 닦았다.

"아직은 재혼 안 해. 걱정하지 마."

"할머니가 걱정하지, 언니는 걱정도 안 할걸."

현주 씨가 아빠 말을 받아쳤다.

나는 아빠 말에서 '걱정'보다는 '아직은'에 더 신경이 쓰였다. 지금까지는 아빠가 재혼할 수 있다는 생각을 하지 못했는데, 언젠가는 그런 날이 올지도 모른다. 새 가족이 생기면 나도 은제처럼 없던 형제가 생길 수도 있다. 그건 상상이 안 된다. 그러니 현재의 내가 은제를 제대로 이해하는 것은 불가능하다. 이해가 안 되면 그대로 인정해 주면 된다. 그건 내가 상대방에게 바라는 것이기도 했다.

차를 타자마자 동우가 창문에다 머리를 찧어 가며 졸았다. 동우는 변하고 있었다. 엄마 앞에서 말을 아끼는 것을 보고 확신했다. 현주 씨를 엄마라고 부르는 것도 뜸해졌다. 동우에게도 생각이 많아지는 시기가 찾아온 것 같았다.

나는 졸면서 아빠와 현주 씨가 하는 말을 띄엄띄엄 주워들었다. 어른 남매의 일에 내가 모르는 게 또 있었다. 현주 씨는 전세 사기를 당하는 바람에 이혼 후 혼자 살던, 전 재산이나 다름없던 집을 잃었다. 아빠와 다시 이어진 것은 도움이 필요했기 때문이었다. 할아버지가 남긴 집을 팔자고 했던 현주 씨가 고집을 꺾은 이유이기도 했다. 사기를 당한 것은 아직 완전히 해결되지 않았다.

"해미? 그게 어떻게 된 거냐면……."

그 말이 귀에 콕 박혀 자세를 고쳐 앉았다. 이제야 해미 언니에 대해 자세히 알 수 있었다. 홍콩에 살던 해미 언니가 금성각 아들과 결혼한 건 할머니의 노력 덕분이었다. 할머니는 가족이 생기면 아들의 성질이 누그러지지 않을까 기대를 하고 몇 년 동안 언니에게 정성을 들였다.

"해미는 그 아들보다 할머니의 정에 끌려서 왔어. 부모님 정이 고팠던 거지. 어렵게 홍콩 생활을 정리했는데 5년을 못 살았어."

금성각 둘째 아들이 2층에서 뛰어내려 병원에 있는 동안 언니는 자신의 물건을 조금씩 현주 씨에게 가져다 놓았다. 항공권은 현주 씨가 예약했다. 둘째 아들이 언니 휴대폰까지 뒤지기 때문이었다. 들키지 않으려고 여권을 마지막으로 챙겼다. 그렇게 조심을 했지만 둘째 아들은 새벽에 나가는 언니에게서 수상한 낌새를 알아챘다.

"그 새벽에 해미가 자던 차림 그대로 갈 곳이 우리 집밖에 더 있어? 바로 쫓아와서 제뉴를 두드리더라니까. 이젠 홍콩으로 돌아간 것도 알았을 거야."

다만 할머니는 여전히 현주 씨와 함께 일을 꾸민 줄은 모를 거라고 했다.

"그 와중에 다행인 게 뭔지 알아? 아직 둘이 혼인 신고를 안 했대. 정리할 것도 없이 끝인 거지. 이대로! 깔끔하게!"

이혼 절차를 밟아 본 현주 씨는 무엇보다 이 결과에 만족했다. 듣고 있던 아빠가 허허, 웃었다.

"평생 마이 웨이로 살 줄 알았더니, 남의 일에 참견을 다 하고……. 좀 변했다?"

"애들이랑 살다 보니 그렇게 되더라. 어떨 땐 저 둘이 날 키우는 것 같다니까. 애들이 생각지도 못한 일을 해낼 때가 있더라고. 도망칠 데가 없을 것 같은 막막한 상황을 훌쩍 뛰어넘기도 하고. 덕분에 내 시야도 트였달까? 지금까지의 변화는 뭐, 이 정도."

현주 씨의 말에 기분이 좋아서 웃음이 새어 나왔다. 머지않아서 우리에게 대놓고 사랑 고백을 하면 어쩌지?

현주 씨는 나와 해미 언니가 동물병원 옥상으로 넘어간 이야기는 하지 않았다. 아빠가 알면 나보다 자신에게 더 큰 화가 미칠 것을 알기 때문이었다. 나는 자는 척을 그만두고 눈을 번쩍 떴다. 궁금한 게 있었다.

"아빠, 옥상에도 CCTV 다는 집 있어?"

"그럼 있지, 많지."

"가짜 아닐까?"

"가짜도 꽤 있대. 왜? 어디에 있는 건데?"

받침대로 쓴 양동이 바닥이 부서진 날, 나는 기어이 동물병원 옥상에 발을 디뎠다. 그곳 정원에 있는 식물들을 구경하고 고양이 집이 비어 있는 것도 확인했다. 다시 우리 집 옥상으로 되돌아오기까지 5분이 채 걸리지 않았다. 순식간에 해치운 일이었다. 몰래 남의 집에 들어간 것보다 건물을 넘어갔다 온 스스로에게 더 놀랐다. 내가 한 짓이 너무 무서워서 빛의 속도로 계단을 내려와 방으로 숨었다.
 동물병원 아저씨가 나와 해미 언니에게 그리로 건너오라고 한 게 우연이 아닌 것 같았다. 생각하면 할수록 들켰다는 확신이 들었다. 그날 아저씨는 CCTV로 나를 보았던 것이다.
 "하, 어쩌지?"
 세상에 완벽한 비밀은 없다.

 다음 날, 우리는 추석 음식으로 아침을 먹은 후 제각기 흩어졌다. 현주 씨는 모처럼 원피스에 스니커스를 받쳐 신고 차를 가지고 나갔다. 아빠와 동우는 영화관까지 차를 얻어 탄다며 현주 씨를 따라갔다. 나도 갈 곳이 있었다. 이제 집에 있는 탈 것이라곤 내 자전거뿐이었다. 진규 것은 바퀴가 뒤틀린 채로 복도 끝으로 밀려났다.
 금성각 할머니는 더 이상 제뉴에 오지 않았다. 현주 씨 말로는 미안해서일 거라고 했다. 그리고 아빠와 맞닥뜨리면 곤란해진다는 걸 알고 있었다. 자전거 수리비가 해결되지 않은 것이다. 진규 자전거는 비싼 것이어서 비용이 만만치 않았다. 가서 따지라고 해도 현주 씨는 기다려 보자고 했다.
 "뭐 어때? 망가뜨렸으면 물어 줘야지."
 어른들끼리는 뭐가 그리 복잡한지, 평소 분명한 것을 좋아하는 현주 씨가 이럴 땐 답답했다. 나는 망가진 자전거를 휴대폰 카메라로 찍었다. 물고기 인형을 떼서 내 자전거에 다시 달았다.

그곳으로 방향을 잡았다. 한 번 가 봤으니 혼자서 갈 수 있었다. 해는 따스하고 바람은 선선했다. 동네의 경계를 지나자 풍경이 바뀌었다. 무성했던 밭 곳곳이 비어 있었고, 여름에 없었던 비닐하우스도 생겨났다. 군데군데 푸른 채소로 덮인 곳도 있었다. 채소는 봄에만 심는 줄 알았는데 아니었다. 외진 길에 이따금씩 차가 나타나는 게 반가우면서도 무서웠.

억센 풀이 가득했던 풀숲은 누렇게 시들어 있었다. 진규와 함께 꽂아 두었던 장미는 흔적도 없었다. 자전거를 산기슭으로 끌고 갔다. 가파른 비탈로 자전거를 끌어 올리는 건 쉬운 일이 아니었다. 등이 축축해질 정도로 힘을 쓴 후에야 적당히 굵은 나무에다 자전거를 기댈 수 있었다. 아무도 가져가지 못하게 도난 방지 체인으로 자전거 몸체와 나무를 감았다. 체인에다 세나 사물함에 걸려 있던 자물쇠를 걸어 잠갔다. 자물쇠는 다시 세나에게로 갔다.

"이제 누구의 방해도 받지 말고 가고 싶은 곳으로 가. 놀고 싶은 만큼 놀고, 머리도 기르고 염색도 해 봐. 담을 넘는 장미를 심고 길고양이와도 친하게 지내."

자전거가 있으니 세나는 어디든지 갈 수 있고, 무엇이든 할 수 있을 것이다. 이미 타 본 것이라 새롭게 적응하지 않아도 된다.

 자전거를 두고 걸어서 돌아가는 길은 길어질 수밖에 없었다. 집까지 가는 건 엄두가 안 나서 206번 종점으로 가 버스를 타기로 했다. 문득 진규가 생각났다. 마침 오늘은 추석이었다. 전화를 하니 예상대로 할아버지 댁이라고 했다. 버스 종점으로 걸어가는 중이라고 했더니 믿지 않았다.
 "정말이라니까! 세나한테 자전거를 줬어."
 진규는 아무 반응이 없었다.
 "……여보세요! 안 들려? 끊었어?"
 "……."
 전화가 끊긴 건 아니었다. 통화를 시작하고부터 휴대폰 너머에서 들리던 왁자한 소음이 계속 이어지고 있었다.
 "통화 못 해? 끊을까?"
 "손아진, 정신 줄 잡고 있는 거지?"
 "완전 꽉 잡고 있어."
 "그래? 음……, 세나한테 준 게 내 자전거는 아니지?"
 "그건 집에 있어. 차라리 세나 줄 수 있으면 좋은데, 상태가 안 좋아."
 내가 더 이상 못 걷겠다고 하자 진규가 어디냐고, 뭐가 보이냐고 물었다.
 "나무가 죄다 단풍이 들려다 말았는데 한 그루만 샛노랗게 물들었어. 그 옆으로 파처럼 생긴 게 있어. 저번에 옥수수가 있었던 자리 같기도 해."

"나무랑 파가 있으면 할아버지 집 앞인데?"

"야! 놀리냐?"

내가 소리를 지르자 진규가 더 크게 소리쳤다.

"이 동네는 죄다 나무, 풀, 밭인데 그렇게 말하면 나더러 어쩌라는 거야?"

"아니, 그러니까…… 멀리 건물이 보여. 음, 지우개처럼 길쭉한데 희멀건 색이야."

"그냥 위치, 사진으로 찍어서 보내."

'그걸 몰라서 안 했겠냐? 오랜만에 너랑 말하고 싶어서 그런 건데.'

내 속마음까지 조잘대지는 않았다. 사진을 본 진규가 오던 길로 계속 오라고 했다.

"안 그래도 그러려고 했어. 이 길 말고 다른 길이 있기나 하냐고."

한 시간쯤 더 걸었을까. 동네로 들어서자 때 이른 가로등이 켜졌다. 나를 반겨 주는 것 같아서 기분이 좋았다. 저 멀리서 진규가 자전거 페달에 한 발을 걸고 서서는 음료수를 마시고 있었다. 나를 봤으면 냉큼 와서 태워 가야지, 눈치 없이 보고만 있다니.

진규는 할아버지 이웃집에서 빌린 자전거로 나를 집까지 태워 주었다. 헤어지기 전에 망가진 자전거를 찍은 사진을 보여 주었다.

"고쳐서 줄게."

"먼저 미안하다고 해야 하는 거 아니냐?"

"야, 됐고. 수리하면 이번엔 제발 가져가."

어쩌다가 이런 꼴이 되었냐고 물었지만 나는 손을 저었다.

"말하자면 길어. 이건 액션, 범죄, 스릴러가 다 있는 스토리야."

"빨리 수리해."

"나도 협상을 해야 하니까 장담 못 해."

"협상은 내 알 바 아니지."

장난처럼 던지는 말인 줄 알았는데, 표정을 보니 자전거가 망가져서 정말 마음이 상한 것 같았다.

"화났냐? 고칠 거야. 걱정 마."

화는 안 났다고 하면서도 진규 말투가 퉁명스러웠다.

"세나한테는 나랑 같이 가야 하는 거 아니냐? 말도 없이, 혼자서, 이거 배신이다!"

"아! 그런가?"

"자전거 얼른 고치고, 빨리 연락해."

연락하지 않으면 예전처럼 생사 확인 메시지가 갈 거라고 엄포를 놓았다. 그러고는 성큼성큼 페달을 굴려 멀어졌다. 기분이 이상했다. 진규도 오늘따라 이상하게 굴었다. 화난 것 같기도 하고 아닌 것 같기도 했다.

집은 텅 비어 있었다. 아직 아무도 돌아오지 않았다. 나는 앞바퀴가 20도쯤 뒤틀려 있어서 끌리지 않는 자전거를 거의 들다시피 해서 낑낑대며 옆집으로 가져갔다. 어른들끼리의 얽히고설킨 감정은 모르겠고, 자전거는 내가 책임져야 했다.

금성각은 아들이 사고를 치지 않으면 설날과 추석 당일만 쉬었다. 할머니와 둘째 아들은 집에 있었다. 조금 전 창으로 넘어오는 말소리가 들렸으니 확실했다. 해미 언니가 있었다면 현주 씨가 잡채를 나눠 줬을 것이다.

내가 자전거를 금성각까지 끌고 온 것에 할머니는 몹시 놀랐다. 수리에 필요한 서비스 센터 전화번호를 주며 자전거가 친구 것이라고 재차 강조했다. 할머니가 나에게 사과할 동안 둘째 아들은 나와 보지 않았다.

2.5층 창 너머로 진규 자전거가 보였다. 네가 해를 피해서 앉아 있던 창고 앞에 자전거가 기대어져 있다. 저대로 방치하지 못하게 연휴가 끝나면 다시 가서 경과를 물어야겠다.

창고 앞까지 바람이 드는 날이다. 양파 까기 좋은 날, 너는 오지 않았다. 오늘 오지 않은 것이지 멀리 떠난 것은 아닐 것이다. 나는 여전히 네가 필요했다.

얼마 전, 학교에서 심리 검사를 했다. 대부분의 항목이 위험 수치를 넘지 않았다. 그 결과지로는 어른 남매를 설득할 수 없었지만, 아빠가 조금 달라졌다. 내가 답을 하지 않으면 다른 말로 화제를 돌리곤 했다. 지그시 바라보며 침묵으로 재촉하는 일이 줄었다는 뜻이다. 그리고 모두가 2.5층에 있는 나를 내버려두었다. 내가 상담을 받기로 했기 때문인지도 모른다.

 병원 상담 센터에 갈 날이 일주일도 남지 않았다. 상담은 한 번으로 끝나지 않을 것이다. 선생님이라고 부를 낯선 사람과 마주 앉은 장면을 상상해 본다. 고민을 묻는다면 오지 않은 미래를, 하고 싶은 일에는 해미 언니가 있는 홍콩행을, 스트레스에는 공부를 말하기로 정했다. 그것 말고도 고등학생 평균치를 벗어나지 않는 답을 잘 알고 있다.

 하지만 선생님이 진규 같은 너를, 은제 같은 너를 내 옆자리로 초대한다면 나만의 첫말을 고를 수도 있겠다. 시계를 보지 않고 시간까지 하염없이 풀어 둔다면, 복도에 있던 자전거 두 대가 이제는 없다는 결말로부터 얘기를 시작해도 괜찮겠다. 너는 다 알고도 처음인 것처럼 들어 줄 테니까.

 자전거를 고치면 가장 먼저 가 볼 곳이 있다. 세나의 자전거가 떠났는지, 혹은 멀리 갔다가 돌아와서 쉬고 있는지 궁금했다. 그땐 진규를 불러 같이 가야겠다.

 창을 등지고 쪼그려 앉았다. 2.6층과 2.7층 사이의 타일 하나를 떼어 내고 이렇게 적었다.

 자물쇠를 열었다면, 그건 아마 너일 거야.

에필로그

동물병원은 매년 늦가을에 마른 식물들을 거두어서 들통에 넣고 태운다. 그 속에 일기장을 던져 넣으려고 했다. 허락을 받고 건너가서 불자리를 조금 빌릴 생각이었다.

날이 추워질수록 동물병원 옥상 정원의 빛이 꺼져 간다. 그 자리마다 볏짚 덮개가 깔리기 시작했다. 아저씨는 다음에 올 새싹을 위해서 수고로움을 마다하지 않는다. 덮개가 늘어날수록 일기장을 태우겠다는 결심이 차츰 허물어져 간다. 완전한 소멸은, 원치 않아도 시간이 지나면 이루어진다. 그 후엔 단 한 번의 재회도 없다.

식물은 같은 뿌리에서 매년 다른 잎사귀를 틔워 낸다. 그러니 나인 채로 있어도 다가올 날이 불면의 여름과 같지는 않을 것이다. 재가 되지 않은 기록과 잠들지 못한 시간을, 새로운 날을 위한 나의 볏짚 덮개로 남겨 두고 싶다. 2.5층 너머로 올 다음 여름을 그것들과 함께 기다려도 좋을 것이다.

이제는 추워서 2.5층에 오래 머무를 수 없다. 옥상 문을 열고 해를 찾았다. 시큰한 눈물이 고이도록 하늘을 올려다보았다.

햇빛을 고스란히 받느라 찡그린 네 얼굴에 웃음이 감돌았다. 나에게 세나는 이렇게 기억된다.

작가의 말

열세 살 무렵, 돌멩이 위에 물감으로 '삶'이라고 쓴 적이 있습니다. 글자가 지워지지 않게 니스까지 칠해서 소중하게 간직했던 기억이 또렷합니다. 수년 동안 한 달에 몇 번씩 뵙던, 아이들에게 한없이 너그러웠던 분이 갑작스레 돌아가신 후였습니다. 인간보다 인간을 더 오래 보아 온 돌에서 사람, 삶, 죽음 같은 것에 대한 답을 찾고 싶었나 봅니다.

몸도 마음도 혼란스럽기만 하던 그 시절, 어른은 스스로를 지키는 크고 단단한 무엇인가를 가슴속에 품고 산다고 여겼습니다. 하지만 살면서 둘러보니 나이가 들어도 주저하고, 실수하고, 후회하는 일이 수두룩합니다.

책 출간을 앞두고 작가의 말을 쓸 때면 작품을 시작하던 때를 돌아보곤 합니다. 『2.5층 너머로』를 구상하면서 쓴 노트에서 아래의 문장을 발견했습니다. 세상에 짧게 머문 친구를 오래도록 가슴에 품고 있을 아진이가 돌멩이만큼 긴 시간을 보낸 후 일기장에 이렇게 쓰면 좋겠습니다.

그때의 나에겐 누구보다 내가 필요했다. 그래서 하찮아 보일 수 있는 나도 차곡차곡 챙겨 두었다.

삶과 죽음이 제각각이듯 이별을 받아들이는 방식도 그러합니다. 긴 시간, 다르게, 격하게 슬퍼해도 괜찮습니다. 다만 자신을 함부로 대하지 않았으면 합니다. 그건 다른 사람에게서 받은 상처보다 더 깊이, 오래 남습니다. 어쩌면 내가 어릴 적 어른들에게서 본 단단함은 자신이 지닌 온기를 믿고, 그것을 소중하게 지키며 마음을 돌볼 줄 아는 지혜인지도 모르겠습니다. 가장 아프고 어두운 순간에도 실뿌리 같은 희망과 온기가 여러분 곁에 머물기를 바랍니다.

첫 독자가 되어 주시고 귀한 추천의 글을 주신 정여울 작가님과 김담희 선생님께 감사드립니다. 이야기의 풀린 매듭과 놓친 맥락을 일러 준 김수진 편집자님 덕분에 『2.5층 너머로』가 제 모습을 갖출 수 있었습니다. 매번 계절을 담아서 보내주신 다정함은 저에게 큰 선물이었습니다. 은제와 진규처럼 따스하게 내 곁을 지키는 경하, 난영, 준희에게 고마움을 전합니다.

은이결

추천의 글

　당신에게는 '다 알고도 처음인 것처럼 이야기를 들어줄' 누군가가 있는가. 그 사람이 이 세상에 더 이상 존재하지 않는다면, 그래서 먹어도 먹은 것 같지 않고 잠을 자도 잔 것 같지 않은 무한한 고통의 사막에 버려진 듯한 느낌이 드는, 그런 단 한 사람이 있는지. 이 작품은 우리에게 이런 간절한 질문을 품고 다가온다. 이야기를 읽다 보면 소중한 것을 처음으로 영원히 잃어버렸을 때의 충격과 아픔이 고스란히 되돌아온다. 그러나 그토록 외로웠던 나를 말없이 기다려 주고, 이해하려 안간힘 쓰고, 끝내 사랑하기 위해 한사코 곁에 있어 준 모든 사람들의 얼굴이 함께 떠오른다. 은이결의 장편소설 『2.5층 너머로』는 상실의 아픔으로부터 시작하여 마침내 '나'와 '우리들'로 돌아오기까지의 파란만장한 과정을 아름다운 이야기의 실타래로 풀어놓았다. 나는 이 소설을 통해 상상한다. 끝내 기다림이 이기는 세계를, 다정함이 이기는 세계를. 그리고 만약 당신이 사랑하는 존재를 잃었다면 나직하게 속삭여 주고 싶다. 계속 사랑해도 괜찮다고, 그리워해도 괜찮다고. 계속 '너'를 '나'의 세계 안에 품고 있어도 괜찮다고.

— 정여울(작가, 『데미안 프로젝트』 저자)

예기치 않은 죽음 앞에서 우리는 어떤 표정을 지어야 할까. 아진은 가까운 사람들의 죽음을 겪으며 슬픔을 감추는 일에 익숙해진다. 그 후로 일기장에도 쓰지 못한 마음을 오직 '너'에게만 털어놓는다. 표정을 감추지 않아도 되는 '너'를 만날 때, 우리는 비로소 진심을 말할 수 있다. 상실로 조각난 마음은 그렇게 함께 이야기하면서 천천히 회복된다. 이 소설은 상실의 틈새를 억지로 메우지 않고 애틋하게 보듬은 채 한층 더 빛으로 나아가는 한 사람의 이야기이다. 동시에 각자의 방식으로 곁에 있는 사람에게 자신의 빛을 비추어 주는 여러 사람의 이야기이기도 하다.

『2.5층 너머로』는 다양한 애도의 풍경을 보여 준다. 서로를 혼자 두지 않고 기어코 함께하는 이들의 이야기를 읽다 보면 애도하고 기억하는 방식에 단 하나의 정답은 없지만, 저마다에게 보다 좋은 방법은 있다는 사실에 안도하게 된다. 감당하기 어려운 슬픔 앞에서 웅크린 사람 혹은 그 곁에 기꺼이 서 있으려는 사람에게 이 소설을 권한다. 아진을 향한 무수히 많은 빛줄기 중 하나가 분명 그 앞에 닿으리라 믿는다. 그 빛이 멈추지 않고 이어질 때, 우리는 함께 '2.5층 너머로' 나아갈 수 있을 것이다.

— 김담희(사서 교사)